# 余命半年の君に僕ができること

日野祐希

STARTS
スターツ出版株式会社

あの日々のことを、俺はきっと一生忘れないだろう。
彼女とともに過ごした、高校二年生の日々のことを——。

同じ夢を持っていたあの子は、しかし俺よりもずっと前をひたむきに歩んでいた。
そして、殻《から》に閉じこもっていた俺に、一歩踏み出す勇気を教えてくれた。
彼女と過ごした半年があったから、俺は自分の夢と再び向き合うことができたんだ。

そう。彼女は俺にとって、何もない夜空に輝く一番星のような存在だった。
けど、彼女が笑顔の裏に背負っていた宿命は、あまりにも残酷なもので……。

これは、そんな彼女とともに駆け抜けた、ふたりの夢と約束の記録——。

# 目次

# 余命半年の君に僕ができること

# プロローグ

友翔《ゆうと》は夢を見ていた。

自分は今、自分ではない誰かの記憶の中にいる。なぜか、そう理解できる。

そこは、見慣れない公園だった。

広場で元気にサッカーをする男の子たち。木製のお城のような遊具ではしゃぐ女の子たち。

そんな活気に溢《あふ》れた公園の中で、その誰かはひとり寂しく泣いていた。

と、その時だ。

「ねえ、どうしてないてるの?」

突然声をかけられ、誰かは驚いた様子で顔を上げる。

目の前に立っていたのは、友翔にとってどこか既視感のある少年だ。

「…………」

しかし、声をかけられた体の主は、何も答えない。呆然《ぼうぜん》と、不思議そうに少年のことを見上げている。

まあ、それも仕方がないことだろう。公園内から聞こえてくるのは、少年が話す日本語ではなく、異国の言葉。

そう。ここは――友翔もどこかわからない異国の地なのだから。

「えっと……、ぼくのことば、わかる?」

「ぁ……」

少年が、自分を指さしながら確認する。

だが、少年の言葉がわからなくて、その誰かは微《かす》かな声を出すことしかできない。

声のトーンからして、どうやら自分が意識を共有しているのは、少年と大差ない年頃の少女のようだ。

自分の言葉が通じないことがわかり、少年はどうしたものかと首を捻《ひね》る。ついでに腕も組んで、「うーん……」とうなり出した。

「あ！　そうだ」

何か妙案でも思いついたのだろう。少年はパッと表情を明るくし、背負っていたリュックを下ろした。開けたリュックから取り出したのは、一冊の絵本だ。

「これ、あげる！」

少年が絵本を差し出すと、今度はなんとかその行動の意味を理解でき、少女はおずおずとそれを受け取った。

と同時に、自分の意図が通じてうれしくなった少年が目を輝かせた。

「そのえほんはね、〝ゆうきのおまもり〟なんだ。これをよめば、きっとなみだなんかふっとんじゃうよ！」

「……？　……？」

ペラペラと日本語をまくしたてる少年に、少女は目をグルグルさせながら首を傾《かし》げる。頭の中がハテナで埋め尽くされているのが、感覚でわかった。

「あ、ええと……あいむ・そーりー」

目の前の相手が困っているのを見て取ったのだろう。少年はやっちゃったという顔になり、今度はたどたどしい英語で謝ってきた。

そして、再び腕を組んでどうすればいいか考える。

「ええと……そうだ！　りぴーと・あふたー・みー。でぃす・いず・〝ゆうきのおまもり〟」

自分が知っている言葉を総動員している様子で、少年は大切な言葉を伝える。

少女も英語なら多少はわかるようで、おずおずと口を開いた。

「ユウキノオマモリ?」

「そうそう！　うまいうまい！」

発音は少しおかしかったが、少年はこれでもかというくらい拍手を送った。

褒められて照れてしまったのだろう。少女の顔が赤くなる感覚が、友翔に伝わってくる。

「おーい、──」

その時、公園内に少年のもの以外の日本語が響いた。うまく聞き取れなかったが、少年の名前を呼んだらしい。声に反応し、少年はバッと背後を振り返る。

「あ、じいちゃん！」

「そろそろホテルに行くぞ。戻ってこい」

「はーい！」

逆光になってよく見えないが、少年のことを呼んだのは彼の祖父らしい。元気よく返事をした少年は、リュックを背負う。

「それじゃあね。えっと――ぐっばい！」

手を振った少年が、笑顔のままつむじ風のように去っていく。

そんな彼を、少女は呆然と手を振り返しながら見送った。

後に残ったのは、少年からもらった絵本だけ。その絵本の存在が、少年が夢ではないことを物語っている。

「…………」

少女が、そっともらった絵本を裏返す。

するとそこで、フツリと友翔の意識は暗闇に落ちた。

# 第一章　異国の少女

# 1

「あら、友翔君。お使い？　偉いわね」

「こんにちは、坂野《さかの》さん。いや、ちょっとエッグタルトに店の卵使いすぎちゃってさ、『責任取って買ってこい』って追い出されたよ」

「あらあら、それは大変。でも、今日って木曜日よね。友翔君のエッグタルトの日は土日じゃなかったかしら？」

「今、春休みだからね。期間限定で、販売日増やしてんだ。よかったら、後で食べに来てよ。そんじゃ！」

近所の常連さんと軽いあいさつを交わし、友翔は自転車のペダルを一気に踏み込む。風を切ってスピードを上げると、暖かくもまだ少し冷たさが残る空気の中に春の匂いを感じた。

「まだ三月終わってないってのに、桜もとっくに満開だな」

友翔が自転車をこぎながら少し上を見上げれば、雲ひとつない澄《す》んだ青空と白っぽいピンクの花びらのコントラストが映えていた。

この町の満開シーズンは、三月末から四月頭くらい。今年は暖冬だった影響か、桜が花開くのも随分早かった。入学式シーズンには散り際となっているかもしれない。

まあ、この春から高校二年生になる友翔には関係ない話であるが。

それよりも、友翔としてはこの暖かな気候の方がありがたい。こうして自転車で買い出しに出かける際も、コートを着ることなく快適にサイクリングを楽しめる。

最寄りのスーパーでつつがなく目的の卵を買い、来た道を軽やかに引き返す。

「ん？」

その道中、ちょうど小学校の校門前を通りすぎようとした時だ。薄桃色の花弁がチラチラと散る中、輝く何かが目の端に映り込んだ。

「なんだろう」

思わず自転車を止めて振り返る。

すると、春休み中なので閉め切られた門扉の前、アーチ形をした車止めに腰かけて、ひとりの女の子が桜を見上げていた。

「うわ……」

桜を愛《め》でる女の子から目が離せなくなる。

歳《とし》は、友翔と同じくらいだろうか。白磁のように白い肌と、琥珀《こはく》を思わせるブラウンの瞳。それらを縁取るのは、陽光を受けて輝くハーフアップの黒髪。友翔の足を止めさせたものの正体は、彼女の髪だったようだ。

ほっそりとした体を白のブラウスと青のロングスカートで包んだその女の子は、友翔が見つめる前で手のひらに桜の花びらを受け止めて、小さく微笑《ほほえ》んでいる。なんの変哲もないただの校門前なのに、彼女がいるだけで、まるでおとぎの国にでも迷い込んだかのように思える。

呆然と見惚《みと》れていた友翔は、そんな感想を抱いた。

ただ、それと同時になぜか懐かしさのようなものも感じる。なんだか、前に会ったことがあるような……そんな不思議な感覚だ。

「いや……そんなはずないか」

自分の感じた懐かしさを、友翔は勘違いだと否定する。そもそもこんな綺麗《きれい》な子を忘れるはずがない。

──と、その時だ。

「あ……」

鈴の音のような声に意識を現実側へ引き戻すと、こちらを向いた女の子と目が合った。

時間にして、三秒ほどだろうか。そのまま女の子と見つめ合う。

誰かに見られているとは思っていなかったのだろう。女の子は驚いたかのように目を丸くしていた。

「あ！　ええと、すみません！　俺、別に怪しい者じゃなくて、なんか綺麗だなって思って……。ホント、すみませんでした！」

ここで変質者扱いされて大声でも出されたら大変だ。いち早く保身に走った友翔が、速攻で謝罪の言葉を投げかける。ついでに勢いで押し切ると言わんばかりに、ビシッという音がしそうなくらい綺麗に九十度頭を下げた。

すると、頭の上からクスクスという忍び笑いが聞こえてきた。少しだけ頭を上げて様子を窺《うかが》ってみれば、口元を押さえた女の子が、堪《こら》え切れない様子で肩を震わせていた。

「ええと……」

「ごめんなさい。いきなり謝るあなたが、おかしくて」

言葉通りおかしそうに笑う彼女を前に、友翔はその場に立ち尽くす。とりあえず、通報は免れたらしい。

「綺麗ですよね」

「――え？」

「この桜です」

そんな友翔に向かって、彼女はさらに言葉を続けた。再び手のひらに花びらを受け止め、愛《いと》おしそうにそれを見つめる。

「昔、ストックホルムの王立公園でも見たことがありますが、やはり日本で見る桜は一味違いますね。これが風情というものでしょうか」

彼女が手のひらに息を吹きかけると、幾枚かの花びらがふわりと舞った。なんとも絵になる光景だ。今すぐスマホのカメラで撮影したいくらいである。

と同時に、友翔は彼女の言葉に違和感を覚えた。具体的にはストックホルムの発音に。発音がネイティブのそれというか……。日本人かと思ったが、発音と今の話の内容からして、もしかしたら日系の外国人なのかもしれない。

「あなたも、そう思いませんか？」

そんなことを考えていたら、女の子がニコリを笑いかけてきた。

笑顔を向けられた友翔はドギマギし、顔を赤く染める。

正直なところ、桜よりも彼女の笑顔の方が何倍も綺麗だと思う。しかし、そんなことを本人に言えるわけもないので——。

「俺は海外の桜を見たことないけど……うん、ここの桜は確かに綺麗だと思……います」

友翔は彼女からの問いかけに、どうにか無難な答えを返した。なぜか敬語で。

そうしたら、女の子はブラウンの瞳をさらに輝かせた。

「ですよね！　私もこの桜吹雪《ふぶき》に心を奪われてしまって……。本当に、いつまでも見ていたいくらい素敵な光景です！」

友翔が同意してくれたことが、よほどうれしかったのだろう。友翔の前まで歩み寄ってきた彼女は、いかにこの景色が素晴らしいか嬉々《きき》として語り始めた。

そんな女の子の言動に、今度は友翔の方がクスリと笑ってしまった。

「ああ、すみません！　つい熱くなってペラペラと……」

「いや、気にしないでください。むしろ、俺の方こそすみません。ここ、俺が昔通っていた小学校だから、そんな風にべた褒めされると変にこそばゆい気分になっちゃって」

「そうなのですか？　うらやましいです。あなたはこんなにも素敵な桜を、小さな頃から毎年見ていたのですね」

「見ていたというよりは、誰が一番たくさん花びらをキャッチできるかって競争していた気がしますけどね」

「それはそれで楽しそうです」

落ち着きを取り戻したらしい女の子は、また華やかに微笑んだ。

最初はその整った見た目から少し近寄りがたく思えたが、こうして話していると、とても親しみやすい。

――だからだろうか。

「違ったら申し訳ないんですが、もしかして外国の方ですか？　ここへは観光に？」

特に深く考えるわけでもなく、自然とそんな言葉が口から出ていた。

対して女の子は、きょとんとした表情だ。

しかし、すぐに合点がいったようにポンと手を打ち、友翔の顔を上目遣いに覗《のぞ》き込んできた。

「もしかして、今のは俗に言うナンパというやつですか？」

「え？　――あ、いや！　そんなつもりじゃなくて！　ホント、ごめんなさい！」

彼女のちょっといたずらっぽい上目遣いにドキリとしながら、友翔は誤解だと慌てて捲《まく》し立てて、ついでに謝る。

先ほどから謝ってばかりだ。しかもその理由が、変質者やナンパ野郎ではないと示すためとは、なんとも情けない。

ただ、彼女の方も本気ではなかったらしく、「謝らないでください」と少し困ったように微笑んだ。

「私の方こそ、ごめんなさい。そんなつもりじゃないのはわかっていましたが、ついからかってしまいました」

今度は反省した様子の笑顔。さっきからこの子はずっと笑っているのに、本当に表情豊かだ。笑顔だけでここまで様々な感情を表現できるのだと、友翔は初めて知った。

「先ほどの質問の答えですけど、外国から来たというのは正解です。ただ、観光ではなくて、今日から日本に住むことになりました」

「今日から？」

「はい！　私、この四月から日本の高校に通うことになっていて、今日、家族と一緒にスウェーデンから日本に来たんです」

「へえ、スウェーデンから」

彼女の出身国を聞き、友翔が懐かしげに相槌《あいづち》を打つ。

実は友翔も十二年ほど前、一度だけスウェーデンへ行ったことがある。古い友人に会いに行くという祖父母についていったのだ。まあ、古い記憶すぎて、どんな感じのところだったか、てんで覚えていないのだが。

ただ、自分が行ったことのある国からの来訪者ということがわかって、友翔はより一層目の前の女の子に親しみを感じた。

「でも、来日したばっかなのにそんなに日本語が上手なんてすごいね。下手すると俺よりうまいんじゃないかってくらいだ」

「ありがとうございます。私はスウェーデン生まれのスウェーデン育ちですが、両親や祖父母は日本出身なんです。だから、日本語も家族から習いました」

「なるほど。それはうまいわけだ」

納得顔で何度も頷《うなず》く。日本人っぽさと外国人っぽさの同居の正体は、これだったようだ。加えて彼女があまりに気さくなせいか、敬語も抜けてしまった。

　そんなことを考えていると、不意に満面の笑みから一転、彼女はちょっと遠慮がちに「ところで……」と切り出してきた。

「いきなりで申し訳ないのですが……ここで会えたのも何かの縁ということで、ちょっとだけ助けていただけませんか？」

「助ける？　君を？」

「はい。──あ、もちろんお急ぎでしたら、無理にとは言いませんが」

　彼女が慌ててそう付け加える。先ほどまでとは、立場が逆だ。

　一方、友翔も買い出しの途中ではあるので、急いでいるといえば急いでいる。卵が傷む前に帰らなければならない。

　ただ──。

「うん、いいよ。俺にできることなら」

　友翔はふたつ返事で了承した。

　彼女が言う通り、ここで会ったのも何かの縁だ。それに、日本に来たばかりという女の子を見捨てて立ち去るなんて、男が廃《すた》る。そしてもちろん、こんなかわいい女の子に頼られて断れるはずがないというのが、最大の理由である。

友翔がＯＫを返すと、女の子はペコリと頭を下げた。

「ありがとうございます！　実は私、ちょっと道に迷っていまして――」

そう言って、彼女はここで桜を見上げるまでの経緯を友翔に語り始めた。

聞けば、どうやら駅で家族とはぐれてしまったらしい。しかも荷物は家族に預けていたということで、財布もなし。持っていたのは、ポケットに入れていた小銭入れと、行き先の名前と住所を書いたメモだけという状態とのことだ。

「恥ずかしながら、私も家族も日本でスマホを購入するつもりでしたので、今は電話をかけることもできず……。それで、目的地まで行けば、家族と会えるか連絡ができるんじゃないかと思いまして」

「で、目的地を目指してここまで来たけど、道に迷ってしまったと」

「そうです。そしたら綺麗な桜がありましたので、休憩がてら眺めていました」

友翔の言葉を受けて、彼女が頷く。

慣れない土地でメモ一枚を頼りに歩き回れば、迷子になることもあるだろう。それが初めて訪れた国とあればなおさらだ。

「事情はわかった。それで、どこに行きたいの？　知ってるところだったら案内するよ」

「助かります。行きたいのは『ポックル』という名前の喫茶店でして……」

「──へ？」

彼女が行き先を口にした瞬間、友翔がポカンと呆《ほう》けた表情を見せた。

「あの、どうかされましたか？」

「あ、ごめん。えっと……行きたいところ、もう一回言ってもらってもいいかな」

「すみません、発音がおかしかったですか？　行きたいのは、『ポックル』という名前の喫茶店です」

もう一回言ってもらったが、どうやら聞き間違いではなかったらしい。

「どうでしょう。お店の場所、わかりますか？」

「ああ、うん。まあ……」

「本当ですか⁉」

「うん。だってそこ──」

はしゃぐ女の子の前で、友翔が肩から下げていたトートバッグに手を突っ込む。

「──うちの店だし」

友翔がバッグから取り出したのは、一枚のエプロン。その胸元には──『絵本カフェ・ポックル』と書かれていた。

そのエプロンをまじまじと見つめた女の子は確かめるようにコクコクと何度か頷き、うれしそうに友翔の顔を見上げた。

「まさかこんなところでお店の人と出会えるなんて思いませんでした！　この桜といい、素敵な偶然をたくさんくださった神様に感謝しないといけませんね！」

「いや、それならまず来日直後の君をひとり迷子にした神様に文句を言うのが先じゃない？」

「迷子になったのは、私の不注意です。神様のせいにしてはいけませんよ」

目の前の女の子は、笑顔だけでなく、心の中まで輝いていた。

そして友翔は、そんな彼女と比べて皮肉っぽいことを口走ってしまった自分が嫌になった。ちょっとかっこ悪すぎて……。

ただまあ、落ち込んでいても仕方ない。今は、この妙に親しみやすい女の子を店まで送り届けることが先決だ。

「君の家族が待っているといけないし、そろそろ行こうか。ええと……」

「あ、すみません。そういえばまだ名乗っていませんでしたね。私は赤羽七海《あかばねななみ》です。七海とお呼びください」

「ご丁寧にどうも。俺は沖田《おきた》友翔。呼び方は……まあ、好きに呼んでよ」

「わかりました。では、沖田君で。よろしくお願いします、沖田君！」

「こちらこそ。そんじゃ、今度こそ行こうか。――えっと、七海」

早速名前を連呼してくる七海。

対する友翔は照れた様子で鼻頭をかきながら、どうにか彼女の名前を呼ぶ。

なんか結局ナンパでもしたみたいになってしまったと思いつつ、友翔は自転車を押しながら七海とともに歩き始めた。

2

かわいい女の子と歩くドキドキに耐えながら、七海を案内すること十分ほど。

どうにかミッションをコンプリートした友翔は――。

「すごいです！　これがポックルシリーズをモチーフにした『絵本カフェ・ポックル』！　聞きしに勝る、素敵なお店です！」

「あの、七海……？」

「あ！　壁だけでなくテーブルにもポックルのイラストが！　こっちの椅子にはホロですね！　そしてこっちはコロン！　かわいいです！　最高です！」

「ええと、あの……」

なぜか店に入った瞬間にハイテンションになった七海を呆然と見つめていた。

今までも明るい子であったが、今はちょっと明るさの質が違う。木漏れ日のような明るさではなく、太陽燦々《さんさん》というか爛々《らんらん》というか、とにかくギラギラ輝いている感じ。

ブラウンの瞳をこれでもかと輝かせ、店内を踊るように見て回っている。

ちょうど客がはけたらしく、カウンター席もテーブル席も人がいないから、店内がまるで七海のためのステージのようだ。

「奥はカーペットになっているんですね！　しかも、ポックルシリーズの絵本にぬいぐるみまで……。ここは本当に天国みたいです！」

そして靴を脱いで子ども用のカーペットスペースにぺたんと座り込み、ぬいぐるみを抱えながら絵本を読み始めた。

天真爛漫《てんしんらんまん》というか、子どもっぽくて無邪気な様子がとてもかわいらしい。

ただ――。

「お母さん、早く来て！　友翔が女連れ込んできたわ！　しかも、かわいい子！」

「ちょっと黙ってもらえるかな、母さん！」

奥から出てきた母の反応が超絶ウザかった。下世話な顔で自分と七海を交互に見ていたかと思ったら、厨房《ちゅうぼう》にいる祖母を嬉々として呼び寄せている。

さすがにこのまま見世物になって、根掘り葉掘り聞かれるのは面倒だ。友翔はニコニコと絵本のページをめくる七海の肩に手を置いた。

「ごめん、七海。ちょっといいかな？」

「はい！　なんでしょうか、沖田君」

「楽しんでもらっているところ悪いけど、一度中断してもらえるかな？　七海がここに来た目的についてなんだけど……」

「目的……」

　きょとんとした顔で、七海が視線を宙にさまよわせる。

　そのまま考え込むこと三秒ほど。どうやらクールダウンして冷静さを取り戻したらしい七海の頬が、一気に真っ赤に染まった。

「す、すみません！　私、うれしさのあまり取り乱してしまって……」

「いや、別にいいんだけどね。でもまあ、大事なことだしね」

　あのニマニマとこっちを見ているおばさんを黙らせるためにも……、と友翔は心の中で付け加える。

　と、そこで奥から母に呼ばれた祖母が顔を出した。落ち着いた表情で友翔と七海の顔を交互に見た祖母は、最後に呆《あき》れた目で母を見つめた。

「亜沙美《あさみ》、あんまり大きな声を出さないでちょうだい。お客さんがいないからって、羽目を外しすぎ。本当にあんたって子は、いくつになっても節操がないんだから」

「そうだそうだ、ばあちゃんの言う通りだ！　いい歳なんだから、もうちょっと落ち着け！」

　祖母に便乗し、友翔も母に向かって抗議の声を上げる。

持つべきものは常識人の祖母。本当にこの場に出てきてくれてよかったと――。

「彼女さんが驚いて逃げちゃったらどうするの。友翔の人生で最後のチャンスかもしれないのに」

「……は？」

信じられないようなものを見る目で、友翔は祖母の方を振り返った。

前言撤回。祖母も敵だった。加えて祖母からのちょっとシャレにならない心配に心が折れかけて、涙が出そうになる。

しかし、そんな傷心の友翔など眼中にない様子で母は七海の前に陣取る。

「よく来たわね。お嬢さん、お名前は？　おいくつ？」

「赤羽七海と申します。七海とお呼びください。歳は、今年で十七になります」

「七海ちゃんか。いい名前ね。今年で十七ってことは友翔と同い年か」

律儀《りちぎ》に答える七海の前で、母はしみじみ頷く。

「で、うちの馬鹿息子とは、どこで知り合ったの？　どこまで進んでるの？」

「ええと、先ほど小学校の前で桜の花を見ていた時に声をかけてもらいまして……」

「え、何？　ってことはナンパ？」

「違うっての」

母から視線を向けられた友翔は重いため息をつき、戸惑っている七海に変わって事情を説明する。

「この子、迷子だよ。今日、日本に来たみたいだけど、駅で家族とはぐれたんだってさ」

「で、困っているところに付け込んでお持ち帰りしてきたの？　あんた、意外とやることゲスいわね～」

「なんでそうなる。この子の目的地がここだって言うから、連れてきただけだ」

言えば言った分だけ下世話な内容になって返ってくる。本当に勘弁してもらいたい。

すると、友翔が間に入ったことで落ち着きを取り戻したらしい七海が、「あの……」と母に声をかけた。

「私、今日から家族と一緒にこちらのオーナーさんのマンションに住まわせていただくことになっているんです。それで、ひとまずお店の方に来るようにとご連絡をいただいておりまして、こちらに伺わせていただきました」

「お父さんのマンション……って、ああ！　そういえばマンションに新しい人が来るのって、今日だっけ！」

丁寧な言葉遣いで事情を説明する七海に、母がポンと手を打つ。その後ろでは、祖母も訳知り顔で頷いていた。

どうやら、友翔が知らなかっただけで母と祖母には話が通っていたらしい。なんだか色々と勝手なことを言われた分だけ損した気分だ。

あと、七海が新しく祖父のマンションに住むというのは、少し心躍った。

「そういうことなら、ちょっと待っててね。お父さんを呼んでくるから。あと、一緒に来日したご家族ともはぐれちゃったんだっけ？」

「そうです。まだこちらには来ていないですか？」

「私、ずっと店に出ていたけど、それらしい人たちは来ていないわね。――お母さんも知らないわよね」

「ええ、見てないわね。一応、マンションの方も見てこようかしら？」

「じゃあ、そっちはお願い。友翔、ちょっと店番お願いね」

「了解。最初からそうやって真面目に対応してくれると、俺も助かるんですけど？」

友翔の抗議には何も応えず、母と祖母は店を後にする。

まあ、性格に難ありの人たちだが、後は任せておいて大丈夫だろう。

「騒がせちゃってごめんね。あの人たち、いつも調子に乗りやすいというか、人を四六時中からかってくるというか……とにかく、そんな人たちで……」

「いえ、素敵なお母様とお祖母《ばあ》様だと思います。明るくて楽しくて、沖田君と一緒で優しくて。大家さんの一家が皆さんで、安心しました」

「そう言ってもらえると、少し助かるよ。あと、俺には敬語使わなくてもいいよ。同い年なんだし」

「やっぱり気になりますか？　日本語は言葉のニュアンスが難しいので、意図せず変な意味合いの言葉を言わないように敬語を使っているのですが……」

「ああ、そうなんだ。そういうことなら、話しやすい方で大丈夫。それと、じいちゃんのマンションってうちの隣だから、これからよろしく」

「はい！　よろしくお願いします！」

にっこり笑った七海が、自然に右手を差し出してくる。こういうところはやっぱり文化の違いというか、外国育ちらしいなと思う。

ともあれ、差し出された手を握らないのは、さすがに失礼だろう。友翔は少し物怖《ものお》じしながら、自分の右手で七海の右手を握り返した。女の子の手を握るなんて小学校以来だから、とても緊張した。

「ま、まあ、適当に座っててよ。たぶんすぐ母さんたちも戻ってくるから」

「ありがとうございます。では、このポックルの椅子にします！」

椅子の背についたイラストを吟味《ぎんみ》し、七海がちょこんと座る。

エプロンをつけながらその様子を眺めていた友翔は、なんの気なしに尋ねた。

「さっきも思ったけど、七海ってポックルシリーズが好きなの？」

「大好きです！　特に『ポックルのぼうけん』は、世界で一番好きな絵本です！」

友翔に尋ねられた七海は、待ってましたとばかりに食いついた。座ったばかりの椅子から立ち上がり、友翔をのけぞらせる勢いで迫ってくる。

どうやら、友翔の質問でまたスイッチが入ってしまったらしい。語りたくて堪《たま》らないと言わんばかりのうずうずした表情で、瞳をキラキラ輝かせている。

ちなみに、『ポックルのぼうけん』はポックルシリーズの第一作だ。小人の村に住むやんちゃな男の子・ポックルが、友達の気弱な男の子・ホロ、優しい女の子・コロンと一緒に野を越え、川を越え、丘に咲く幻の花を採りに行くという物語である。

「そ、そうなんだ……。でも、どうしてポックルを？　スウェーデンで有名とかって話は聞いたことないけど」

「私の祖母が、ポックルシリーズを全巻持っていたんです。だから、私も小さい頃からこの絵本に触れていて、それで好きになりました。私が日本語をきちんと勉強をしたいと思ったのも、絵本を自分で読みたかったからなんです」

「ああ、なるほど。お祖母さんが……」

七海の祖母は日本出身の日本人。それで絵本好きなら、ポックルシリーズを持っていてもおかしくはないかもしれない。日本では、ロングセラーと言われるくらいの人気シリーズであるわけだし。

それにしても、七海のポックル愛は舌を巻くレベルだ。友翔もこのシリーズは昔から好きであるが、それを読むために外国語を勉強するかと訊《き》かれたら、たぶん首を横に振ってしまう。

「だから、このお店に来るのもずっと夢だったんです。作者の〝あまざと しょう〟先生が自ら経営している、世界で唯一のポックルのカフェ！ 今日は本当に、人生で最高の日です！」

「そっか。喜んでもらえて何よりだ」

「はい！ なんだか夢に挑戦する勇気をもらった気分です」

「夢？」

友翔が聞き返すと、七海は少し照れるように微笑んだ。

「私、絵本を作るのが夢なんです。日本にいる間に挑戦してみたいと思っているんですけど、この場所にいるとうまくいきそうな気がしてきます」

「そう……なんだ」

七海に相槌を打ちながら、友翔はそっと彼女から視線を逸《そ》らす。

絵本を作りたい。

その言葉を聞いた瞬間、友翔の脳裏に女子たちの笑い声が響き、胸に針を突き立てられたような鋭い痛みを感じた。

思わず顔をしかめてしまいそうになるのを、七海の前だからと必死に耐える。

同時に七海の瞳も何か思うことがあるように揺れたが、友翔がそれに気が付くことはなかった。

「それにしても、まさかあまざと先生のお孫さんに二回も助けていただくことになるなんて、想像もしていませんでした」

友翔が痛みに耐えていると、不意に七海が感慨深げに呟《つぶや》いた。

「二回？　一回じゃなくて？　それに俺、君にじいちゃんのこと話したっけ？」

七海の発言に、友翔が不思議そうに首を傾げる。

確かに、友翔の祖父はこのカフェのオーナーである絵本作家の〝あまざと　しょう〟だ。ちなみに、〝あまざと　しょう〟はペンネームで本名は天里将之《あまりまさゆき》という。

そのことを七海にはまだ言っていなかったはずだが……まあ、これまでの会話を聞いていたら誰でもわかるか。

しかし、二回も助けたというのはどういうことだろうか。

疑問の眼差《まなざ》しを向ける友翔に、七海は朗らかに答えた。

「いいえ、二回で合っていますよ。沖田君、覚えていませんか？」

今度は七海の方が期待の眼差しで、友翔を見つめる。

ただ、残念ながら友翔には、先ほどの道案内以外に七海を助けた心当たりがなかった。

「ごめん、記憶にない」

「そうですか……。残念です」

友翔が答えると、七海はしょんぼりした様子で俯《うつむ》いた。

とても悪いことをした気分である。罪悪感で心が痛い。

ひとまずどういうことか教えてもらった上で、忘れていたことを謝罪するべきだろうか。今のこの雰囲気を打開するには、それが一番いい気がする。

だが、残念ながらその考えを実行に移す時間が友翔に与えられることはなかった。

「――すまない。待たせたね」

なぜならカランコロンというベルの音とともに店の扉が開き、低く落ち着いた声が店内に響いたから。

七海と一緒に目を向ければ、老年の男性がこちらに向かって歩いてくる。

きちん整えられた灰色の髪に口髭《くちひげ》。目元には四角い眼鏡をかけている。友翔の祖父にして〝あまざとしょう〟のペンネームを持つ、日本を代表する絵本作家のひとり――天里将之だ。

ちなみに、後ろには先ほど出ていった母と祖母の姿もある。

「は、はじめまして！　本日からマンションの部屋をお借りします、赤羽七海です！　あまざと先生でいらっしゃいますか？」

「ああ、いかにも。私が〝あまざとしょう〟だ。本名は、天里将之という。ようこそ、日本へ。歓迎するよ」

自己紹介をして、祖父は友翔と同じように七海と握手をした。もっとも、祖父は友翔のようにガチガチに緊張していたりはしなかったが。そこは経験値の差というやつか。

どちらかといえば、むしろ七海の方が緊張している。大好きな絵本の作者と初めて会って握手までしているのだから、当然といえば当然かもしれない。

「ところで、お祖母さんは元気かね？」

「はい。――あ！　祖母からあまざと――じゃなくて！　天里さんご夫婦へ、と手紙を預かってきています。ただ、荷物と一緒にあるので、また後でお渡しさせていただきますね」

「そうか。それは楽しみだ」

手紙と聞いて、祖父がうれしそうに目を細める。どうやら祖父母と七海の祖母は旧知の仲らしい。

「じいちゃん、七海のお祖母さんと会ったことあるの？」

「何を言っている。お前だって会ったことがあるだろう。私たちと一緒にスウェーデンへ行ったんだからな」

尋ねた友翔を、祖父はやれやれという顔で見返す。

「会ったことがあるって——もしかして七海のお祖母さんって、じいちゃんとばあちゃんの幼馴染《おさななじみ》の順子《じゅんこ》さん!?」

「そうです！　沖田君も祖母のこと、覚えていてくれたんですね」

頷く七海を、友翔は呆然と見つめる。

七海の祖母・順子とは、十二年前に一度だけスウェーデンで会ったことがある。というか友翔は、順子に会いに行く祖父母についていったのだ。

言われてみれば、順子と話した際に自分と同い年の孫がいると聞いた気がする。古い記憶なので、今の今まですっかり忘れていたが。

あの時は家に不在ということで会うことがなかったが、まさかこんな形で顔を合わせることになるとは思わなかった。

「そっか、順子さんのお孫さん……。そりゃあ、ポックルシリーズが好きになるわけだ」

きっと小さい頃からお祖母さんに仕込まれたに違いない、と友翔は思った。

だってスウェーデンで会った順子も、ポックルシリーズの大ファンだったから。同じくポックルシリーズのファンである自分と、とても話が合った。

「私も、祖母から沖田君のことを聞いていました。とても素敵なポックル仲間だと」

「あはは。それはどうも。それじゃあ、名乗った時点でもう俺が〝あまざと　しょう〟の孫だって、七海にはわかっていたわけだ」

「ええ、まあ……」

再び自分の隣に並び立った七海と話しながら、友翔はなんとなく初めて会った際の懐かしさの正体を知った。

おそらく自分は、七海の中に順子の面影を見ていたのだろう。外見はそれほど似ていなくても、血のつながりというものは色々なところに表れてくるものだから。

友翔がそんなことを思っていると、祖父が「さて」と口を開いて、こちらの注目を引いた。

「自己紹介はこれくらいにして、本題に入ろうか。駅で家族とはぐれたとのことだが……」

「そうでした！　あの、天里さんの方で何か連絡先のようなものを控えてはいらっしゃらないでしょうか！」

言われてハッとした七海が、祖父に急いで尋ねる。

すると祖父は、穏やかに笑いながらゆっくりと首を振った。

「その件だが、もう心配はいらない。家を出る時に、ちょうど君のお母さんから電話があってね。すでに君がこちらに到着していることを伝えておいた。向こうも一旦こちらに向かっていたようで、『すぐに伺います』と言っていたから、そろそろ……」

そう言いながら、祖父がカフェの入り口の方を振り返った、その瞬間。

ガランガランと激しくベルが鳴り響き、扉が勢いよく開かれた。

そして、ひとつの影が転がるように店へと入ってくる。

「お姉ちゃん、無事!?」

「波奈《はな》!」

店に飛び込んできたのは、七海とよく似た顔立ちの少女だ。年の頃は、おそらく中学生になるかどうかといったところか。

「私はここよ! 安心して、波奈!」

「——ッ! よかった、無事だった」

店の奥にいる七海に気付き、少女——波奈は一目散に駆けてきて彼女に抱きついた。

どうやら彼女が、これまで度々七海の話に出ていた家族のようだ。見れば、波奈に続いて四十代くらいの女性も店に入ってきた。こちらも顔立ちが似ているから、おそらく七海の母親だろう。

「合流できてよかったな、七海」

「はい! ありがとうございます、沖田君」

友翔が声をかけると、七海も顔をほころばせながら頷いた。家族と再会できたことに、こちらも心底安心した様子だ。

ともあれ一件落着といったところか。今度は家族の方が行方不明とならず、本当によかった。友翔もホッと胸をなでおろす。

「その子は、七海の妹さん?」

「はい!　私の四つ下の妹です。日本で言うと……今年から中学生ですね」

「そっか。——ええと、はじめまして」

これからはご近所さんになることもあり、七海に抱きついたままの波奈にあいさつをする。

ただ、友翔に目を向けた波奈は、怯《おび》えるような顔で七海の後ろに隠れてしまった。

七海が最初からフレンドリーだったので、妹も似たタイプなのかと思ったが、そんなことはなかったらしい。勇気を出して自分から声をかけてみたが、失敗だったようだ。

「波奈、そんな怖がらなくても大丈夫よ。この人は大家さんのお孫さんの沖田友翔君。迷子になっていた私を助けてくれた恩人よ。ほら、ちゃんとあいさつして」

すると、妹の様子を見かねたらしい七海が、後ろに隠れた波奈を前に押し出した。

波奈は抗議するような目を姉に向けるが、当の七海はにっこり笑顔で受け流している。物腰は穏やかだが、結構したたかだ。

あいさつしないと姉が納得しないと判断したのか、波奈もようやく友翔に目を向けた。……怯えと警戒に満ちた視線を。

「……赤羽波奈です。よろしくお願いします。それと姉を助けてくださり、どうもありがとうございました」

「ご丁寧にどうも。沖田友翔です。こちらこそ、よろしくお願いします」

ぼそぼそと小声であいさつする波奈に、友翔もできるだけ怖がらせないよう愛想よく名乗る。ただ、どうにも友翔のことが苦手らしく、波奈は軽く頭を下げるとさっさと七海の陰に引っ込んでしまった。

「もう！ 波奈ったら……。沖田君、すみません。この子、ちょっと人見知りで」

「いや、気にしないでよ。俺も初めて会う人には緊張するタイプだし」

七海が困ったものだとため息をつきながら、フォローを入れてくる。

態度から予想はしていたが、人見知りということなら仕方ない。友翔も七海を基準にいきなり話しかけてしまったが、むしろ七海が人並み外れてコミュ強だったということだ。

あと、今気が付いたが、七海も家族と話す時はさすがに敬語を使わないようだ。当たり前といえば当たり前だが、家族相手なら多少変な日本語が混じっても問題ないということだろう。

加えて彼女らの様子を見る限り、波奈が友翔に対して敬語なのも、年上相手ということの他に七海と同じ理由が含まれているように思える。

と、そんなことを考えていたら、波奈がちょいちょいと七海の袖を引いた。

「ん？　どうしたの？」

「お姉ちゃん、もう行こ。お母さん、おうちの方に行くみたいだから」

言うが早いか、波奈が七海を引っ張って店の出入り口の方へと歩き出した。いきなり引っ張られた七海は、「とと っ！」とたたらを踏みながら連れていかれる。

見れば確かに、七海の母と話していた祖父が「では、部屋に案内します」と店から出ようとしていた。

「お母さん、待って。わたしたちも行く」

七海の手を引いたまま、波奈も店を出たふたりの後に続く。

そして、波奈に引っ張られるままの七海は——。

「沖田君、今日は本当にありがとうございました！　これからよろしくお願いします！」

と空いている方の手を振って、太陽のような笑顔を見せながら出ていった。

「あー、うん。よろしく～」

そして取り残された形の友翔は、嵐のように去っていったふたりを呆然としながら見送った。なんだか取り残された気分だ。

「あ〜、青春ね〜」

「青春って言うのか、これ？」

冷やかすように言う母に、友翔は店の扉を見つめながら疑問をぶつけるのだった。

3

七海たちが引っ越してきた翌日の昼下がり。

「おお！　ここが日本のホームセンターですか！」

友翔、七海、波奈の三人は、大型ショッピングモール内のホームセンターにやってきていた。家具コーナーも充実しているタイプの店舗だ。

「沖田君、連れてきてくれて、どうもありがとうございます！」

「いや、これくらいなんてことないから。波奈も何かあったら遠慮なく言って」

「…………」

日本での初ホームセンターにはしゃぐ七海。所在なさげな顔で無言のままキョロキョロする波奈。そんな波奈にどう接すればいいのかわからない友翔。今日も今日とて三者三様、どこかまとまりに欠けた一行である。

そんな三人の今日の目的は、引っ越してきたばかりの七海たちの部屋に置く家具類その他諸々を調達すること。そのためにバスに揺られて、市内でも品揃《しなぞろ》えトップクラスのこのショッピングモールへやってきたのだ。

なお、なんで七海たちの買い物に友翔がくっついてきたかといえば——。

『七海ちゃんと波奈ちゃん、これから家具や家電を買いに行くんだって。あんた、ふたりに付き合ってあげなさい。道案内兼荷物持ちの労働力として』

と言われて母に送り出されたためである。

聞けば、七海たちの母である夏帆《かほ》は大学教授で研究が忙しく、彼女らが一緒に日本に来たのも、半分は夏帆を支えるためらしい。実際、夏帆は来日二日目の今日から大学へ出向いたそうだ。ちなみに、七海たちの父と祖父、そして祖母の順子はスウェーデンに残ったままとのことだ。

そのため祖父母と母は、できる限り赤羽家をサポートしていくことに決めたらしい。よって、友翔にも強制的にお鉢が回ってきたというわけだ。まあ、友翔としてもそういう事情なら協力は惜しまないので問題ない。

用意周到な母はすでに話を通していたようで、マンションに出向いたら七海から『よろしくお願いします！』と歓待を受けた。現金なもので、これだけ素直に頼られるとかなりやる気が出た。

ちなみに一緒にいた波奈からは、『な、なんでいるんですか……？』という視線を向けられた。

まあ、何はともあれ一緒に来た以上は、きっちりふたりの助けになってあげたいというのが人情というもの。波奈とだって、買い物を手伝う中で仲良くなるきっかけを掴《つか》めるかもしれない。そうと決まれば、友翔がやるべきことはひとつだ。

友翔はワクワクした様子の七海とその陰に隠れている波奈を交互に見た。

「さて、まずは何から見ていこうか。七海、波奈、必要なものはリストアップしてある？」

「はい！　日本に来る前に、母と一緒に作りました。抜かりはありません！」

「OK。そんじゃ、リスト順に見ていくか」

「ですね！　レッツゴーです！」

リスト片手に店内に突撃する七海を先頭に、三人で買い物を開始する。

七海たちがほしいものをきっちりとリストアップしていたおかげで、買い物は順調に進んだ。大きな家具類は配送を頼むことにして、持ち帰れそうな大きさのものだけカートに載せていく。

日本に不慣れなふたりだから何かとサポートが必要かと考えていた友翔であったが、そんなの大間違い。七海も波奈も日本語には困らないので、友翔は本当にただの荷物持ちだ。でっかいカートを押して、女子ふたりにつき従う。

情けないことこの上ないが、本日の目的が滞りなく達成できていると考えれば、まあそれもありだろう。

ただ、活躍の場面もないので、波奈の信頼は相変わらず得られないまま。

ショッピングモールに到着してからかれこれ一時間くらい経《た》つが、波奈の友翔に対する警戒態勢は依然継続中である。

具体的には、こんな感じ。

「波奈、ちょうどいいボックス、見つかったか？」

「……いえ、別に。わたし、あっちを探してきますので」

「波奈、七海が呼んでるぞ」

「ヒッ！　……そ、そうですか。ありがとうございます。では」

「波奈、それ重くないか？　カートに載せたらどうだ？」

「だ、大丈夫です。ご心配なく」

以上、買い物中に友翔が波奈と交わした会話記録の一部である。

話しかければ返事をしてくれるが、すぐに会話を切り上げてどこかへ逃げていってしまう。

「一緒に買い物している内に、少しは馴染めるかなって思ったんだけどな……」

波奈の背を見つめ、どうしたものかとため息をつく。

別に取り立てて仲良くなる必要はないかもしれないが、警戒されっぱなしというのもよろしくない。力になってやってくれと母たちに頼まれていることを考えれば、なおのこと信頼関係が必要だ。

しかし、妙案のひとつも思い浮かばず、再びため息が漏れる。

すると、そんな友翔の肩を興奮した様子でバシバシ叩《たた》く手が……。

振り向くと、七海が興奮した様子で立っていた。

「沖田君、沖田君！」

「ん？　どうした、七海」

「見てください、お寿司の形をしたマグネットのセットです！　一瞬、本物かと思ってしまいました！」

「ああ、すごいよな、それ。俺も最初見た時、手が込んでるな〜って思ったもん。ちなみに文房具以外にも、食品サンプルが付いたヘアゴムやピアスなんてのもあるぞ。あと、スマホスタンドとかな」

「おお！　奥が深いですね！」

おもしろ雑貨片手にはしゃぐ七海を、友翔も微笑ましく見守る。楽しそうな七海を見ていたら、先ほどまでのダウナー気分が嘘《うそ》のように力が湧いてきた。

七海とは打ち解けられたんだから、きっと波奈と仲良くなる方法もあるはず。気を取り直し、顔を上げる。

その時、オロオロとした様子で友翔と七海を見つめる波奈と目が合った。友翔と視線が合ったことに気が付くと、波奈は慌てたように棚の陰に隠れてしまう。

どうやら、まだまだ波奈の心を解きほぐす努力が必要なようだった。


しかし、友翔の努力も虚《むな》しく、波奈の警戒態勢はその後も一向に変わる気配を見せなかった。

まあ、努力といっても相変わらず声をかけるくらいのことなのだけれど。その度に波奈は友翔の前から逃げ、遠くから友翔の様子を窺ってくるという繰り返しだ。

ホームセンターでの買い物が済み、一行は次の目的地である家電量販店に入る。

「やっぱり必要最低限しか関わりたくないってことなのかな……」

冷蔵庫を選んでいる七海と波奈を見ながら、思わず呟く。

一緒に買い物をしていればなんとかなるだろうと悠長に構えていたら、今のところなんの収穫もなし。というか、想像以上に避けられていて、落ち込む一方。さすがに友翔も心が折れてくる。

それに……遠くからこちらの様子を窺うように見つめてくる波奈の姿は、どことなく彼女と重なって見えてしまうのだ。それが思い出したくもない記憶を刺激し、友翔の波奈に向かっていく気持ちを鈍らせていく。

最低限、避けられない程度の信頼関係を……と思っていたが、実はその考え方そのものが間違っていたのかもしれない。できる限り関わらないこと。もしかしたら、それが波奈との適切な距離感なのかもしれない。悲しい話だが、波奈のためにも、自分のためにも。

と、友翔が打ちひしがれていると、いつの間にかこちらに来ていた七海が声をかけてきた。

「沖田君、大丈夫ですか？　難しい顔をしていますが」

「あ、ごめん。なんでもないよ。波奈は？」

「今、ドライヤーを見に行ってもらっています」

姿が見えなくなった波奈を探しながら尋ねると、七海が行き先を教えてくれる。

そして、不意に七海が友翔に向かって頭を下げた。

「沖田君、ごめんなさい。波奈がずっとひどい態度を取ってしまって。難しい顔をしているのも、それが原因ですよね。怒っていますか？」

不安そうな顔で、七海が訊いてくる。

どうやら、波奈のことで悩んでいるのを見抜かれていたらしい。

「怒ってはいないよ。だけど、なんでこんなに嫌われちゃったのか、全然わからなくて……」

「波奈は沖田君を嫌っているわけではありません。きっとまだ日本に慣れていなくて、ナイーブになっているんだと思います」

白くて綺麗な手を握りしめ、七海は友翔に訴える。その眼差しには強い光が宿っていた。波奈のことを誤解しないでほしいという、強い光が。

「波奈はあの通り繊細で人見知りですが、悪い子ではないんです。どうかあの子を嫌いにならないでください」

「七海……」

「それに、あの子があんな態度ばかり取ってしまったのは、私にも原因があります。私がひとりではしゃいだり、沖田君とばかり楽しそうに話したりしていたから、きっと波奈は疎外感を覚えたんだと思います。私がもっと気を配っていれば、こんなことにはならなかったかと……。本当に、すみません」

再び頭を下げて、七海が謝ってくる。

一方、言われてみれば確かに、友翔も思い当たる節があった。自分が楽しげに七海と話しているところを、波奈はずっと見ていた気がする。もしあの時に波奈が孤独を感じたのだとしたら、責任の一端は友翔にもあると言えるだろう。

友翔の中にも、波奈に悪いことをしたという気持ちが生まれてくる。

「だから、不躾《ぶしつけ》なのを承知でお願いです。波奈にも後で必ず謝らせますから、今までのあの子の失礼な振る舞いは水に流してもらえませんか？」

そんな友翔に、七海はさらに訴え続けた。

「七海は……」

「え？」

「七海は知らない国に来て、不安にならないの？」

訴えに答えないまま、友翔はふと七海に問いかけた。

七海と波奈は、揃って日本に来たばかり。波奈が不慣れな日本で情緒不安定になっているというなら、七海はどうなのか。明るく振る舞っているけれど、やはり心の中では不安を感じているのか。

不意に、そんなことを思ってしまったのだ。

波奈とこれからどう接していけばいいのか、いまだにわからない。だからそのヒントとして、同じ境遇にある七海の考えを聞いてみたかった。

「……そうですね、確かに少し不安はあります。日本に来ることは私の夢でしたが、スウェーデンを離れての生活が始まった今は、少し故郷が恋しいです」

唐突な友翔の質問に対し、七海は真剣な表情で少しの間考えて、とても真面目に答えてくれた。

しかし次の瞬間、友翔を見上げる彼女がふわり微笑んだ。

「でも、私はどちらかというと、きっとうまくやっていけるだろうって気持ちの方が強いんです。だから、今はそんなに不安を意識していないですよ」

「どうして、そんな風に考えられるの？」

「それはあなたに出会ったからですよ、沖田君」

「俺に？」

「正確には、沖田君と沖田君のご家族です」

首を傾げた友翔へ、七海は続ける。

「昨日、あなたは困っていた私を助けてくれました。――あ、何度も言いますけど、あれは二度目ですからね」

「あ〜、あはは。そういえば、そんなこと言っていたっけ。すっかり忘れてた」

「できれば、一度目の方も思い出してもらえるとうれしいです」

「教えてはくれないの？」

「教えてもいいのですが、なんだか悔しいのでやっぱり嫌です。私にとっては、とても大きな出来事だったんですから」

少し拗《す》ねたよう唇を尖《とが》らせて、七海がフイッと顔を逸《そ》らす。しかし、すぐに自分で自分がおかしくなったのか、クスクス笑いながら「ごめんなさい」と謝ってきた。

本当にコロコロと表情が変わって、見ていて飽きない子だ。

つられて友翔まで笑ってしまう。

「話が逸れてしまいましたね。――私、沖田君が助けてくれて、本当にうれしかったんですよ。知らない国で、手を差し伸べてくれる人がいる。それって、とても幸運なことだと思うんです」

「そんなオーバーな。ちょっと道案内しただけだし」

「その〝ちょっと〟が、私にとっては大きな助けだったんですよ」

美談のように語る七海に、友翔は目を泳がせる。助けた最大の理由は七海がかわいかったので断れなかったからだとは、口が裂けても言えない。

「そして、沖田君に連れていってもらったポックルでは、皆さんが温かく賑《にぎ》やかに迎えてくれました。あの時、思ったんです。こんな優しい人たちが近くにいてくれるなら、きっと日本での生活は楽しいものになるだろうなって」

そこまで語った七海は、波奈がいると思われる方へ目を向ける。その瞳に宿っているのは、大切な妹への思い遣《や》りだ。

「母は研究で忙しいですから、波奈は私をひとりにしないため、一緒に日本へ来ることを決めてくれました。だから私も、波奈が不安を感じているなら取り除いてあげたい。波奈に、きっと大丈夫だよって伝えてあげたい。私が感じたこの気持ちを、波奈にも教えてあげたいんです」

視線を戻し、七海は再び友翔の瞳を見つめる。

「だから、もう一度お願いします。虫のいい話であることは承知していますが、どうか波奈と仲良くなることを諦めないでください。この通りです」

もう何度目になるかわからない、七海のお辞儀。

下げられたその頭を見下ろしながら、友翔はフッと息をついた。

「大丈夫だよ、七海。俺ももう少し頑張ってみる。だから、顔を上げて」

前向きな言葉を投げかけながら、友翔は七海の肩をポンポンと叩く。

七海の話を聞いて、『俺には無理だ』なんて言えるはずがない。

それに……友翔にはなんとなく波奈の気持ちがわかるのだ。似たような経験を、友翔自身も学校でしているから。一年前のとある出来事によって心の歯車が狂って以来、今も身近な人たちの輪を一歩引いて見ていることしかできないという経験を。

だからこそ、自分が波奈に同じ思いをさせてしまったというのなら、埋め合わせをしたいと思うのだ。

波奈はあの女子ではない。怖がる必要なんてどこにもない。

自分に言い聞かせながら、友翔は笑みを浮かべる。

そんな友翔を、七海はうれしそうに見つめる。

「ありがとうございます。やっぱり沖田君は、優しいです」

「そいつはどうも。けど、あんまり期待しないでよ。正直なところ、どうすればいいのかまったく思いついてないから」

「根拠はないですけど、沖田君ならきっと大丈夫です。一緒に頑張りましょう！」

元気いっぱいに両の拳《こぶし》を握り締める七海を前に、友翔は参ったというように苦笑した。

七海とは約束したものの……結局その日、友翔は波奈の心を開くことができなかった。

『でも、波奈も最後の方、沖田君に話しかけたそうにしていた気がします。たぶん、歩み寄ろうとし始めたんだと思います』

「まあ、確かに……。なんか、波奈から今までとは違う視線を感じた気がするよ」

電話越しに七海と話しながら、友翔は波奈の様子を思い出す。

夜、昨日買ったばかりのスマホで七海が電話をかけてきたのが五分前。それから波奈のことについて、二度目の作戦会議をしているところだ。ちなみに、波奈はお風呂に入っているとのこと。こっそり作戦を立てるには、もってこいである。

それはさておき、姉である七海が言うのであれば、波奈が心を開きかけているのは間違いないだろう。友翔としては、このチャンスを逃したくない。

「でもそれなら、せっかく取っ掛かりを作ったんだ。できれば、すぐにでも次の手を打ちたいところだよな……」

『そうですね……。でしたら、ピクニックにでも行きましょうか。波奈も綺麗な桜を見れば、心が和むと思います』

「それは楽しそうだ。――でも、その前にひとつ提案があるんだけど」

『提案ですか？　なんでしょう？』

七海が不思議そうに聞き返してくる。電話の向こうでちょこんと首を傾げている姿が、容易に想像できた。

そんな七海に、友翔は自分が考えた次の一手を明かす。

「――どうかな？　迷惑だったら、無理にとは言わないけど」

『いえ、私は構いません。といいますか、そうしていただけるとすごく助かります』

「それじゃあ決まり！　サンキュー、七海」

『なんで沖田君がお礼を言うんですか？　その作戦、感謝するのはあらゆる意味で私の方ですよ。本当に、何から何までありがとうございます』

今度は電話の向こうでペコリと頭を下げる七海の姿が見えた。

何はともあれ、これにて作戦会議は終了。ついでにお風呂から上がった波奈が髪を乾かし始めたらしいので、この日の通話はここで終わりとなった。

そして翌日。

「よう、波奈。おはよう」

「……おはようございます。あの……どうしてここに……？」

朝から堂々とマンションの一室――赤羽家が借りている部屋の玄関先に立った友翔は、早速攻略目標《波奈》から戸惑いの目を向けられていた。

「なんでって、手伝いに来たに決まってるじゃん。昨日買った家具類が届くんだから、男手があった方が何かと便利だろう？」

そう。友翔が昨晩七海にした提案とは、家具の運搬・組み立ての手伝いだ。波奈と共同作業ができて、赤羽家の役にも立てる。まさに一石二鳥のアイデアと言えるだろう。

「でも、そこまでしてもらうのは……」

「気にしない、気にしない。タダで使える労働力ができたと思っといてよ」

友翔は努めて能天気に言うが、波奈は居心地悪そうな顔のまま。さすがにいきなり家にまで来たのはやりすぎだったかと、友翔の方も背中に冷や汗だ。

しかし、ここにはもうひとり、友翔の心強い味方がいた。

「波奈、沖田君には私がお手伝いをお願いしたの。ベッドとかも安い組み立て式のものにしちゃったし、沖田君の言う通り男の人の手があった方が心強いから」

波奈の姉である七海が、友翔を援護する。手伝いを申し出たのは友翔の方だが、自分が頼んだことにして招かれざる客ではないのだと波奈を説得してくれた。

ただ、波奈も素直には応じない。

「お姉ちゃん、また勝手なことをして。いきなり家に上げるのは……。お母さんもいないし……」

「私だって、危ない人を呼んだりしないわ。沖田君なら大丈夫だと思ったからお願いしたの。波奈だって、本当はわかっているんでしょ？　昨日だって、たくさん助けてもらったんだから」

本人の前だからか言いにくそうに苦言を漏らす波奈だが、対する七海の方はなんのその。ぽわぽわとした笑顔でやんわり受け流し、ついでにしっかりカウンターまで入れている。

おっとり優しそうに見えて、やっぱりかなりしたたかな子だ。七海は絶対に敵に回してはいけない気がする。

ふたりの攻防戦は、あっという間に七海有利に傾いた。

「昨日のことは……お姉ちゃんの言う通りだけど……。それと家に上げるのは、話が別で……」

「そんなことないわ。どちらも沖田君が私たちにとって、どれだけ頼もしい助っ人かという話だもの」

「でも……」

「ね？　沖田君は頼りになるでしょ？　助けてもらえたら、心強いと思わない？」

「……わかった。今回は、お姉ちゃんが正しい」

結局、七海がかわいらしい笑顔のまま、波奈を押し切った。

波奈は七海を心配して日本についてきたそうだが、そんな必要はなかったのではないかと友翔は思った。たぶん七海は、どこでものほほんとたくましく生きていける気がする。

あと、波奈が助けられたと思ってくれていたことを聞けて、友翔は少し感動した。

どうやら昨日の頑張りは、無駄ではなかったらしい。

七海との問答が終わると、波奈はバツの悪そうな顔で友翔に向かって頭を下げた。

「……じゃあ、お手伝い、よろしくお願いします」

「うん、任された。それと、波奈」

「……なんですか？」

「許してくれて、ありがとうな」

「……お礼を言われる意味がわかりません」

それだけ言うと波奈はペコリともう一度お辞儀をして、逃げるようにさっさと部屋の奥に引っ込んでしまった。

「やりました、沖田君！　波奈の説得、無事に成功です」

「うん、ありがとう。助かったよ。俺だけだと、追い返されるところだった」

喜色満面といった様子の七海と、こっそりハイタッチを交わす。

ちなみに、七海をしたたかと思ったことは黙っておく。藪蛇《やぶへび》が怖いので。

友翔が上がらせてもらった部屋の中は、まだ家具類が入っていないこともあってガランとした状態だった。昨日買ってきたカーテンを窓にかけ、カーペットを敷いてあるだけ。隅の方に国際便の伝票が付いた段ボール箱がいくつか置かれているが、あれは本国から持ってきた荷物だろう。

3LDKの残りの部屋——各々《おのおの》の自室も、畳んだ布団とそれぞれのキャリーバッグ、段ボール箱が数箱置いてあるだけの状態だ。ちなみに布団は、友翔の家から貸し出した来客用の布団。彼女らの布団は昨日買ったので、この後届く予定だ。

荷物自体が少なく、数少ない荷物の中で最も目立つのは自分の家から貸し出されたもの。そのおかげか、友翔も女の子の部屋に上がったと強く意識せずに済んだ。

「何もないところで恐縮ですが、荷物が届くまでくつろいでいてください」

「ああ、お構いなく」

なんてやり取りを七海としていたら、ちょうどタイミングを見計らったかのように部屋のチャイムが鳴った。

最初に来たのは家電量販店からの配送だ。冷蔵庫などの白物家電やテレビが次々と運び込まれてくる。家電類は設置もお任せだったから、ここでは友翔もやることがなく見ているだけだった。波奈の『あなたは本当に必要なんですか？』という視線が痛い。

それはさておき、家電量販店の配送の人が帰ると、ちょうど入れ違いになる形でホームセンターからの配送が来た。ベッドや棚類は組み立て前のパーツのまま段ボール箱に入った状態だ。それらを玄関へ次々に運び込み、配送員は「ありがとうございました！」と爽《さわ》やかな笑顔を残して帰っていった。

「よーし、やっと仕事が来た！　やるぞ！」

「はい！　頑張りましょう！」

役立たず返上のために張り切る友翔と、笑顔で後に続く七海。ふたりは猛然と家具の段ボール箱を運んで、開封していく。

まずは、一番大きな組み立て家具であるベッドからだ。パーツと説明書を取り出し、ふたりで組み立てを開始する。

「あ……」

　そんなふたりの後ろで波奈が何かを言いかけ、伸ばしかけた手を力なく下ろす。

　波奈の中では、まだ葛藤が続いているのだろう。その証拠に、逡巡《しゅんじゅん》するような表情でオロオロと視線をさまよわせている。

　自分が友翔に取ってきた態度に対する罪悪感。自分も手伝わなければという責任感。

　そして、いまだ残る友翔に対する警戒心。その狭間《はざま》で揺れて、一歩を踏み出すことができないのだ。

　もちろん、そんな波奈の様子には、友翔と七海も気付いている。ふたりは波奈にバレないようにアイコンタクトを交わして頷き合い――。

「ごめん、波奈。俺たちだけだと手が足りない。力を貸してくれない？」

「お願い、波奈」

　と、ふたり揃って波奈に期待の眼差しを投げかけた。

　正直に言ってしまえば、波奈の手を借りなくてもベッドを組み立てることはできる。

なんたって、時間をかければひとりでだって組み立てられる代物だ。波奈も、それくらいのことはきっとわかっているだろう。

　しかし、ここで友翔と七海の方から助けを乞《こ》えば、波奈の中でも言い訳が立つはずだ。『ふたりに頼まれた以上、無視するわけにはいかない』という言い訳が。

傍《はた》から見れば茶番もいいところだが、しかし当人たちには大切なやり取りだ。

あとは、波奈が差し伸べた手を取ってくれるかどうか……。

「……わかった。何をすればいいの、お姉ちゃん」

そして、波奈が下した決断は——ふたりの手を取ることだった。……もっとも、まだ友翔には話しかけられないのか、七海に対してだけ応えていたが。

それでも、友翔にとっては大きな前進だ。大満足の結果である。

ただ、大満足なのはあくまで友翔のみであったようで——。

「私じゃなくて、沖田君に聞いてもらえるかな。私も、沖田君の指示で動いているから」

「——ッ！」

七海はにっこりと笑いながら、さらに一歩踏み込んだ。

七海、恐ろしい子。

突然のジャブに、当然ながら波奈は息をのむ。それでも、七海がこう来るかもしれないことは、波奈も想定していたのだろう。

「……何をすればいいのですか……沖田さん」

友翔の方へ向き直り、緊張した様子で指示を仰いできた。

友翔としては大満足を通り越して、感動の領域である。――あるのだが……急に波奈と会話をすることになり、友翔の方も実は結構焦っていたりして……。

「あ……ええと、それじゃあ、そっちの板を支えてくれるかな。で、俺がこっちのパーツを持ち上げてるから、七海はそこのビスでパーツを留めちゃってくれる？」

おかげで、最初の指示はちょっとしどろもどろになってしまった。

けれど、友翔が指示を飛ばすと、七海と波奈はそつのない動きで実行してくれる。なんとも頼もしい限りだ。……いや、本来は友翔の方がこう思われなくてはいけないのだけど。

三人がかりで作業したこともあってか、瞬く間に一台目のベッドが完成した。

これで勢いがついたのか、三人は休憩することも忘れて次から次へと家具を組み立てていく。先ほどまでガランとしていた三つの部屋は、あっという間に本棚や机、ボックスで埋まっていった。

そして――。

「よし、これで最後の本棚も完成っと！」

最後のネジを締め終わり、友翔が額の汗を拭いながら、完成したばかりの本棚をポンポンと叩く。家具を組み立てまくって、約半日。これにて作業は完了だ。

「お疲れ様です、沖田君。本当に助かりました。ありがとうございます」

「七海もお疲れ。やってみると、結構楽しかったな」

「そうですね。なんだか、小さい頃にやっていた工作を思い出しました」

互いの労をねぎらい合って、友翔と七海がハイタッチを交わす。組み立て作業の興奮が冷めないのか、ふたりともテンションが高い。

そして、友翔と七海は当然のように、波奈ともハイタッチをすべく手を差し出す。

「……なんであなたは、わたしに構うんですか？　昨日も一昨日《おととい》も、ずっと失礼な態度を取っていたのに……。腹が立たないんですか？」

すると、波奈は向けられたふたりの手のひらを見つめ、訳がわからないという顔で友翔に問いかけた。

対する友翔は一瞬キョトンとし——落ち着いた面持ちで笑いながら口を開いた。

「腹は立たなかったよ。ただ、波奈にはあまり近づかないのがベストなのかな、とは思った」

「じゃあ、どうしてです？」

「ひとつは、七海に『波奈を嫌いにならないでほしい』って頼まれたから。まあ、人見知りだったり、日本に来たばかりでナーバスになったりする気持ちは俺にもなんとなくわかったし、もうちょっと頑張ってみようと思った」

「……つまり、結局は姉のためですか」

「理由のひとつはな。で、もうひとつの理由は、波奈の日本で最初の味方になりたいと思ったから」

「日本で最初の味方……？」

友翔の言葉を、波奈が怪訝《けげん》そうに眉をひそめて復唱する。

それに対して友翔は「そう」と頷く。

「波奈にも安心して日本を楽しんでもらいたいからさ。味方として頼ってもらえるようになったら、俺的にもすごくうれしいなって思ったんだよ」

そう言って、友翔はいたずらを成功させた子どものように、ニカッと笑ってみせた。

そして、再び波奈に向かって手のひらを差し出す。これが最後の仕上げだとでも言うように。

それを見た波奈は、やれやれと苦笑しながら首を振り――。

「……まったく、おかしな人ですね」

と、降参するかのようにパチンと自分の手を友翔の手と重ねた。

「ひどいことばかり言ってしまって、本当にごめんなさい。それと――色々助けてくれて、ありがとうございます」

手を放して一歩下がった波奈が、折り目正しく友翔に頭を下げる。姉と一緒で、とても綺麗なお辞儀だ。

「どういたしまして。それと、これからもよろしく……でいいのかな?」

「はい。こちらこそ、よろしくお願いします」

友翔が確認すると、今度は波奈の方から右手を差し出してきた。それもハイタッチではなく、握手を求めるように。

こういうところは、七海とよく似ている。そして、もちろん友翔はその手をしっかりと自分の右手で握り返した。

どうにか波奈の信頼を勝ち取ることができ、友翔もようやく安堵《あんど》する。苦労はしたが、終わりよければすべてよしというやつだ。

と、その時だ。

「やりましたね、沖田君!」

今まで事の成り行きを見守っていた七海が、我慢できなくなったのか友翔に飛びついてきた。空いていた友翔の左手を両手で握り、うれしそうにブンブン振り回す。

「やっぱり私が見込んだ通りです! 沖田君なら、絶対に波奈の心の壁を崩せるって思っていました!」

「あ、ああ……。ありがとう。あと、少し手加減してくれるとうれしいな」

興奮冷めやらぬ七海にされるがままになりつつ、友翔はやや引きつった笑顔でお願いしてみる。なお、胸の中では心臓のドキドキが止まらない。

すると次の瞬間、波奈が友翔と七海の間に割り込んできた。

「──沖田さん、ひとつだけはっきり言わせてもらいます」

友翔と七海を引き離した波奈が、神妙な面持ちと静かな口調で言う。

そして、カッと目を見開いた波奈は──。

「沖田さんに姉はあげません。姉は、わたしのです！」

そう言って、七海に抱きついた。七海を抱きしめる波奈の顔は、とても満足げだ。

なお、波奈に抱きつかれた七海は、友翔を見ながら「あはは……」と仕方なさそうに眉尻を下げて笑っていた。どうやら波奈は、いつもこの調子らしい。

そんなふたりの様子を見て、友翔は波奈がどういう少女であるか、本当の意味で理解した。

波奈が日本行きを決めた理由を、七海は『私を心配して』と言っていたが、本当は波奈の方が離れられなかっただけ。要するに、この人見知りな少女は、お姉ちゃんが大好きで仕方ないということだ。

「波奈、そろそろ離して。沖田君に誤解されるから」

「やだ！」

「やだじゃないでしょ！　あなたは本当にもう！」

ただ、それをわざわざ宣言してきたのは、信頼の表れなのではないか。

ふたりのコントのようなやり取りを目の当たりにしながら、友翔は波奈が本当に心を開いてくれたのを実感するのだった。

4

波奈の意外な一面に驚かされつつも、無事に七海たちの引っ越しが終わって数日。

友翔の家族と赤羽家の面々は、桜が見頃を迎えた近くの公園へお花見にやってきていた。

「それでは、赤羽家の皆さんの来日を祝して、乾杯！」

「「乾杯！」」

母の音頭で紙コップを掲げ、友翔は中身を一気に飲み干した。

満開の桜と雲ひとつない青空、あちこちから聞こえる賑やかな声。風情と活気が同居した景色の中で飲む一杯（もちろんジュース）は格別だ。

「さあさ、七海ちゃんも波奈ちゃんもいっぱい食べてね。お菓子もお料理も、いっぱい作ってきたから。うちのカフェで出している、自慢の料理とお菓子よ！」

「はい、ありがとうございます」

母がサンドイッチやらおかずやらお菓子やらを並べるのを手伝いながら、波奈が穏やかに笑ってお礼を言う。最初の頃は誰に対しても表情も態度も硬かったが、この数日で随分と自然になってきた。

　日本に来て、およそ一週間。七海曰《いわ》く、波奈もようやくこちらの生活に慣れてきたらしい。

「三日目くらいまでは、夜になると『心細いから一緒に寝てほしい』なんて言ってきていたんですよ。波奈と一緒の布団で寝るのなんて五年ぶりくらいで、ちょっと楽しかったですけど」

「ハハ、そうなんだ」

　こそっと耳打ちしてきた七海に、友翔はクスッと笑いながら返事をする。

　七海の隣で幸せそうな寝顔を見せる波奈が容易に想像できる。

　そんなことを考えていると、七海にトントンと肩を叩かれた。見れば、エッグタルトを手にした七海が、キラキラと目を輝かせている。

「沖田君、このカスタードクリームが入ったタルト、すごくおいしいです！　ポルトガルのパステル・デ・ナタに似ていますが、なんというお名前ですか？」

「ああ、それ。エッグタルトだよ。パステル・デ・ナタの派生系……って言えばいいのかな。うちのはクッキー生地の香港《ほんこん》風だよ」

「そうなんですか。私、このお菓子すごく気に入りました。毎日でも食べたいです！」

「ありがとう。朝早くから作った甲斐があるよ」

「もしかして、これって沖田君が作ったんですか!?」

手元のエッグタルトと自分を交互に見つめる七海に向かって、友翔はちょっと自慢げに胸を張りながら頷く。

「うん、そう。うちのエッグタルトは、全部俺が作ってる。ちなみにこれ、うちの看板商品のひとつ。学校があるから、出してるのは基本土日だけだけどね」

「すごいです。沖田君はお菓子屋さんもできそうですね」

「そうかな？　そう言ってもらえると、結構うれしいかも」

「きっと人気のお店になりますよ。なんなら私が宣伝担当をやってもいいです。たくさん宣伝して、たくさん売りさばいてみせます！」

「それはめちゃくちゃ儲《もう》かりそうだ。じゃあ、その時はよろしく」

「任せてください！　大儲けして、ふたりで山分けです！」

ふたり揃って悪だくみするように冗談を言い合い、堪え切れなくなって「あはは」と笑い合う。

酒を飲んだわけでもないのに、ふたりともいつになく気持ちが浮ついている。どうやら花見の雰囲気が、ふたりを高揚させているらしい。でなければ、友翔も七海もこんな会話はできなかったことだろう。

ただ……その上がりすぎたテンションがもうひとりの少女の逆鱗《げきりん》に触れたことに、友翔は気が付いていなかった。

「……沖田さん、何をしているんですか？」

気配もなくいきなり背後から聞こえてきた声に、友翔がギョッとして振り返る。

そこには、ご立腹という様子の波奈が立っていた。

「沖田さん……。わたしに隠れて姉を口説こうとは、いい度胸ですね」

「いや、これは口説いていたわけじゃなくて、ちょっとした冗談というか」

「問答無用です。そういうことは、きちんとわたしを通してください！　もちろん百パーセントお断りしますけど！」

七海を守るように手を広げながら、波奈が唇をへの字にして抗議の声を上げる。

七海の引き抜きは、たとえ冗談でも彼女的にご法度だったようだ。

波奈を宥《なだ》めながら、友翔はこれから気を付けようと心に誓うのだった。

楽しい宴会の時間はあっという間にすぎていき、日も傾きかけた頃。

波奈のお説教から解放された友翔は、ひとりベンチに座って桜を見上げていた。

波奈が色んな表情を見せてくれるようになったのはうれしいことだが、お説教が長いのは玉に瑕《きず》かもしれない。解放感を味わいつつ、グッと伸びをする。

ちなみに友翔が波奈から怒られている間、祖父母は『元気がいいね』などと微笑み合い、母は缶ビール片手に馬鹿笑いして見ているだけだった。薄情な家族だ。

家族の顔を思い浮かべながら心の中で悪態をついていると、友翔の目に映る青とピンクの景色の中に黒が混じった。

「見つけました。沖田君、ここにいたんですね」

「七海」

黒の正体――ベンチの前に立って陽光に輝く黒髪をなびかせた七海を見上げる。

「どうしたの、こんなところに」

「そろそろ帰るとのことなので、沖田君を探しに来ました」

「そっか。ありがとう。――そんじゃあ、戻るか」

「はい！」

ベンチから立ち上がり、七海と一緒に歩き出す。

そうしたら、数歩も進まない内に七海が足を止めた。どうしたのかと思って、友翔も後ろを振り返る。

そして友翔は、自身の目に映る光景に、思わず心を奪われた。

「七海……」

桜吹雪の中、花を見上げてたたずむ七海。初めて会った時と同じだ。

花びらを受けるようにかざした手も、花を慈《いつく》しむその微笑みも……。何度見ても、見惚れずにはいられなかった。

「小学校の前で会った時も、ちょうどこんな感じで桜の花びらが舞っていましたね」

「ああ、そうだったな」

どうやら友翔と同じく初めて会った時のことを思い出していたらしい七海が、柔らかく言う。

「あれからまだ一週間くらいしか経っていないなんて、信じられないです。もうずっと昔のことみたいな気がします」

「この一週間、色々あったからな。引っ越しとか、波奈のこととか」

「そうでしたね」

友翔が冗談めかして言うと、七海もクスリと笑いながら相槌を打ってきた。

「沖田君」

「ん？」

「もう一度、握手してもらってもいいですか？」

「もちろん」

友翔の前まで歩いてきた七海は、いつかのように右手を差し出す。

どうしていきなり握手なのか、友翔にはわからない。けれど、七海がそう言うなら、拒否する理由はない。

友翔はちょっと緊張しつつも、差し出された右手を自分の右手で握り返す。

「で、なんでいきなり握手？」

「意味はありません。握手したくなっただけです」

「そっか」

手を握り合ったまま、他愛ないことを言い合う。きっとまだふたりとも、花見のテンションが残っているのだろう。そんな気安さが、どこか心地いい。

「沖田君」

「ん？」

「改めて、これからもよろしくお願いしますね」

「うん。こちらこそ！」

七海から握手とともにかけられた言葉に、友翔も笑顔で応じる。

これからもよろしく。その言葉に、友翔は心が弾むのを感じていた。

# 第二章　文天部と初バイト

# 1

友翔は夢を見ていた。

よく思い出せないが前にもあった気がする、誰かの意識に入り込む夢。

夢の中で友翔が意識を共有する誰かは、パソコンに向かって何か文章を打ち込んでいた。

パソコンの画面に映るのは、友翔には読めない言語。だが、意識を共有している友翔には、何が書かれているかわかる。

どうやらこれは、絵本用に作った物語らしい。

その時、物語を書き終えたのか、誰かは凝り固まった体をほぐすように伸びをした。

「――、――」

パソコンの画面を見ながら、意識を共有する誰かが声を発する。

それは、少女の声だった。声の雰囲気からして、たぶん自分と同年代だろう。加えて、どこか聞き覚えがある声だ。

少女が発する言葉は文章と同じく友翔の知らない言語だったが、友翔には彼女が何を言っていたのかが感じ取れた。

どうやら作った物語の出来に満足しているらしい。

声もずいぶんと弾んでいた。

ただ、不意に少女が寂しげに微笑み、画面の中の物語を見つめる。

「――――、――――――――――――――」

少女の言葉は、相変わらず友翔にはわからない。しかし、その思いは友翔まで届く。

いつかこの物語を、絵本にできたらいいのだけど。

少女のそんな願いが、頭に流れ込んでくる。

どうやらこの少女は、絵本を一緒に作ってくれるパートナーを探しているようだ。

この子が信頼できるパートナーと出会えますように。

心に痛みを抱えつつも、自分と同じような道を辿《たど》らないでほしいと願いながら、友翔の意識は闇の中へと落ちていった。

2

四月七日。高校の一学期初日。

学校の制服である濃紺のブレザーとズボンで身を包み、チェック柄のネクタイを締めた友翔は、朝早くから家の前にひとりポツンと立っていた。

春とはいえ、まだまだ肌寒い午前七時二十五分。友翔がこんなところで何をしているのかといえば、隣のマンションから七海が出てくるのを待っているのである。

「ちょっと早く出てきすぎたかな？　まあ、待たせるよりはいいか」

スマホで時間を確認し、自宅の隣に立つマンションを見上げる。

どうして友翔が朝早くから、七海を出待ちしているのか。その理由は、昨日の母との会話にあった——。


事の始まりは、昨日の夕方だった。

『——あ、そうそう。七海ちゃんね、明日からあんたと同じ高校に通うから。あんた、明日は学校まで連れていってあげなさい』

『は!?　聞いてないんだけど！』

『そりゃそうよ。今初めて言ったもの』

『知ってたんならもっと早く教えろよって言ってんの！』

『いや〜、どうせなら前日まで引っ張った方がおもしろいかな〜って思って。サプライズってやつ？　とにかく、任せたからね』

という母との会話があったのが、夕飯の席でのこと。

念のため電話で七海に確認してみたら、本当に友翔と同じ高校に通うとのことだった。学年は友翔と同じ二年生だ。まあ、同い年なのだから当然か。

『でも、なんでうちの高校に？　こう言っちゃなんだけど、中高一貫ってこと以外は普通の県立高校だよ？』

『転入先を考える際、あまざと先生から勧められたんです。孫が通っているところだから、困ったことがあっても大丈夫だろう、と……』

『……それ、俺が七海と関わろうとしなかったら、すべて破綻するじゃん』

　祖父の行き当たりばったり具合に唖然《あぜん》とする友翔。

　しかし、七海は『そんなことありませんよ』と否定する。

『実際、私も波奈も、こうして沖田君と仲良くなれました。あまざと先生はきっとわかっていらっしゃったんですよ。沖田君なら、私たちを見捨てたりしないって』

『あ〜、正面切ってそこまで持ち上げられると、さすがに照れるんだけど……』

『照れることないですよ。すべて事実ですから』

　電話の向こうで微笑む七海の姿が見えた気がして、友翔は頭をかきながら視線を泳がせた。

　全幅の信頼をおいたような声でそんなことを言われると、友翔としても調子が狂ってしまう。というか、ここまで言われてしまっては、今後一層七海たちをサポートしないわけにはいかなくなる。……言われなくてもサポートするけれど。

『まあ、そういうことなら明日は俺が学校まで案内するよ。通学は電車?』

『いいえ、自転車を使うつもりです。波奈が「絶対に自転車にして!」と言うので』

『あ～、そうなんだ。うん、すごく納得』

自転車通学の理由が波奈であるとわかり、友翔は言葉通り納得顔で頷いた。

波奈のことだ。おそらく、七海はかわいいからナンパされたら大変とでも考えたのだろう。波奈があれこれ想像しながら顔を青くしている様が、容易に想像できた。

まあ、高校まではここから駅ひとつ分の距離だし、自転車でも通学にはまったく問題ない。友翔も自転車通学だから、むしろ案内がしやすくなって助かるくらいだ。

『それじゃあ明日、七時半に家の前で待ち合わせってことでいいかな?』

『はい、大丈夫です! よろしくお願いします』

『うん、よろしく。それじゃあ、おやすみ～』

――とまあ、そんな感じで仲良く自転車で登校する約束をしたわけだ。

「あ、沖田君! おはようございます!」

「おはようございます」

昨日のことを振り返っていたら、あっという間に七時半を迎えてしまったらしい。

マンションから七海と波奈が出てきた。波奈もリュックサックを背負っているので、これから学校に向かうのだろう。聞いたところによると、インターナショナルスクールらしい。

「おはよう、ふたりとも。昨日はよく眠れた？」

「私は楽しみすぎて、なかなか眠れなかったです」

友翔が問うと、七海は恥ずかしそうに頬を染めて笑った。見た感じ、変に気負っていたり、緊張していたりということはないらしい。初登校ということでちょっと心配していたが、杞憂《きゆう》だったようだ。

ただ、問題はもうひとりの方で……。

「………」

学校が楽しみそうな七海とは対照的に、波奈は緊張と不安が入り混じった表情で黙りこくっていた。

「波奈、大丈夫か？　少し顔色が悪いみたいだけど」

波奈のただならない様子に、友翔は気遣うように調子を確認する。

すると、波奈はどうにかこうにかという様子で微笑みながら、「大丈夫です」と答えた。

「すみません。学校へ行くのが久しぶりなので、ちょっと気分が落ち着かなくて」

「ああ、長期休み明けだもんな。それは仕方ない」

「あ、いえ……。沖田君、波奈はその……」

友翔が訳知り顔で「わかる、わかる」と頷くと、七海が困ったように微笑みながら口を挟んできた。

ただ、彼女にしては珍しく歯切れが悪い。波奈の様子を見ながら、どこまで口にするべきか悩んでいるといった様子だ。

そして、波奈の方もそんな姉の心情を察したのだろう。「大丈夫だよ、お姉ちゃん」と七海に笑いかけ、再び友翔の方を向いた。

「すみません、沖田さん。実はわたし、スウェーデンでずっと学校に通っていなかったんです。どうしても馴染めなくて。だから、今日も学校へ行くのが怖くなってしまって……」

「あ……そうなのか……。ごめん、なんか適当なこと言っちゃって」

「いえ、知らなかったのだから気にしないでください」

しくじったという顔で謝る友翔に向かって、波奈が首を振る。

「日本に来る時に決めたんです。色々リセットして、一から頑張ってみようって。だから、大丈夫です」

「そっか。すごいな、波奈は。マジで」

「ありがとうございます」

友翔がしみじみ感じ入りながら称賛すると、波奈は照れたように顔を赤くした。

自分も学校に行くのが怖いと思う経験をしたことがあるから、波奈の強さがよくわかる。七海もそうだが、この姉妹には見習うところばかりだ。

「そういうことなら、俺も波奈のこと応援するよ。愚痴や吐き出したいことがあったら、俺でよければいつでも話を聞くから。エッグタルト付きでな。だから、まずは頑張りすぎない程度に行ってこい」

「はい。適当にやり過ごしてきます」

「うん、その意気だ」

頷く波奈の肩を、ポンポンと叩く。

すると突然、友翔の方も後ろから肩を叩かれた。振り返ってみれば、七海が不貞腐れた顔で立っている。

「沖田君は波奈にばかり優しいですね。おいしいエッグタルト付きで話を聞いてあげるなんて。なんだかずるいです」

「えっ!? いや、そんなことはないと思うけど……」

思いがけない七海からの指摘に、友翔は慌てて弁明を始める。

だが、友翔が慌てふためき出すのと同時に、七海はプッと噴き出して「冗談です」と笑った。

どうやら、からかわれただけらしい。

「ところで沖田君」

「ん？　何？」

「この制服どうですか？　似合っていますか？」

声と一緒に体も軽やかに弾ませながら、七海がその場でクルリとターンしてみせる。

七海が着ているのは、当然ながら友翔の学校の女子制服だ。男子と同じ濃紺のブレザーに、チェック柄のスカートとリボン。

言うまでもなく、かわいい。頑張っても、頬が熱を持つのを止められない。顔が真っ赤になっていないか、鏡で確認したくなってくる。

ただ……。

「なんつうか……コスプレみたい？」

「コスプレ……。そんなにこの制服、似合っていませんかね」

「い、いや、似合ってないわけじゃなくて！　ま、まだ、しっくりきていない感じというか、なんというか……」

スカートの裾をつまみながら残念そうに自分の制服を見下ろす七海に、友翔は慌ててどうにかフォローを入れる。

そう。別に似合っていないわけではない。ただ、七海の容姿に制服がついていけてないだけ。そのせいで、なんだかコスプレをしているかようなチグハグ感が出てしまっているのだ。

「たぶん七海が着慣れてないのと俺が見慣れていないのが原因だと思うから。数日経てばきっと大丈夫。うん！」

「そうだといいんですけど……」

追加でフォローを入れるが、七海はまだ制服のあちこちを眺め回している。

口は禍《わざわい》の元と言うが、自分が七海の不安を誘ってどうするのか。ちょっと反省だ。

ともあれ、波奈と別れて自転車で学校に向かう。七海が初日ということもあって早めに家を出たので、あまり同じ学校の生徒を見かけないまま高校に到着した。

「それじゃあ、私は職員室に行きますので、ここで。沖田君、同じクラスだといいですね」

「その時はよろしく」

手を振ってくれる七海を見送り、友翔はひとり、昇降口を目指す。

すると、クラス表の掲示の前に知り合いを見つけた。

「よう、祥平《しょうへい》。早いな」

「うっす。二週間ちょっとぶりだな」

友翔が声をかけると、相手も気楽に応えてきた。

彼は、望月《もちづき》祥平。友翔と同じ部活に所属する同級生である。背が高く、爽やかな顔立ちのザ・好青年といった男だ。さらにこの男、大真面目に宇宙飛行士を目指しており、細く見える体も実はかなり引き締まっている。質実剛健、文武両道を地で行くハイパー優等生である。

そんな友人の隣に顔を突っ込んだ友翔は、クラス表の一クラス目で自分の名前を見つけた。二年一組。それがこれから一年、友翔が在籍することになるクラスだ。

ついでに、クラスメイトの名前もざっと一通り確認する。そこには、危惧《きぐ》していたあの名前はない。見れば、どうやら彼女の友人たち含め、揃って隣のクラスのようだ。

安心して、そっと胸をなでおろす。

「お前、何組？」

「一組。お前は？」

「五組。残念ながら、別のクラスだ」

「別にいいんじゃね？　部活で顔を合わせるんだから、クラスくらいバラバラでも」

「……お前、本当に友達甲斐ないよな」

ドライな友翔に、祥平はやれやれとため息をついた。

ただ、昨年度の段階で祥平は特進クラス希望と知っていたから、クラスが別になることはわかっていたのだ。友翔としては、ため息をつかれる謂れはない。

ちなみに中高一貫校である我が校の高等部普通科は、一学年五クラス。一組から四組が普通クラスで、五組が特進クラスだ。

「じゃあ俺、教室行くから。また放課後にな！」

「ああ」

用事を済ませて自分の下駄箱に向かう祥平を見送る。先ほどから、人を見送ってばかりだ。

そしてひとりになった友翔は、もう一度クラス表を見た。

「同じクラスか……」

別れ際、七海が言っていたことを呟き、校舎を見上げる。

七海と同じクラスになれたら、きっと楽しい一年になるだろう。

春休みのような楽しい日々が学校でも続くことを想像しながら、友翔は新しい教室を目指すのだった。

「皆さん、初めまして！　赤羽七海と申します。スウェーデンから来ました。これから一年、どうぞよろしくお願いいたします！」

始業式後の二年一組に、鈴のようでいてエネルギーに溢れた声が響く。

結論から言えば、友翔の想像は現実になった。神のいたずらか、それとも気まぐれに願いを聞き届けたのか、七海は見事に友翔のクラスに転入してきたのだ。

教卓の前に立った七海は、綺麗な文字で黒板に名前を書き、元気いっぱいにあいさつをしている。

そんな七海の笑顔に、クラス中が騒然だ。

名前も顔立ちも日本人ではあるが、北欧から海を越えてやってきた転入生。その上、人目を引く整った容姿。男女を問わず、クラス中が七海に好奇の目を向けている。

といっても、悪い意味ではない。全員、歓迎ムードという感じで七海のあいさつを聞いている。七海自身の明るさに加えて、外国出身でありながら言葉の壁がないことが大きなプラスになったのだろう。七海がクラスに馴染めるか心配していた友翔であったが、どうやらこれも杞憂だったようだ。

と、友翔が安堵の吐息を漏らしていた時だ。

「沖田君！　本当に同じクラスになれましたよ！　よろしくお願いしますね！」

友翔の存在に気付いていた七海が、うれしそうにブンブンと手を振ってきた。

瞬間、全員の視線が友翔に集中する。

これが漫画ならベタ展開。しかし、実際に約四十人、八十の目がいきなり自分の方を向くというのは、なかなかホラーである。

まあ、漫画のお約束のような嫉妬の視線ではないのがせめてもの救いか。様子見をしている雰囲気がクラス全体を満たしている。

ともあれ、これ以上刺激しないでおくことが無難。ここはひとまず、『実は今朝、偶然話をして～』とかつまらなそうな理由で適当にごまかして――。

「質問でーす。赤羽さんは、沖田君とどんな関係なんですか？」

ごまかす前に最前列の女子が茶化すように質問を入れてきた。忌々《いまいま》しいほどに行動が早い。

「実は私の祖母が、沖田君のお祖父《じい》様お祖母様と幼馴染なんです。その縁で今は沖田君の家が所有しているマンションに住まわせてもらっているのですが、沖田君にも来日直後からとてもお世話になっています」

そして友翔が何か言う前に、質問を受けた七海がすべてしゃべってしまった。

素直なのは七海の美点だが、今だけはごまかしてほしかった。

そして、七海の発言に友翔以外のクラスメイトが湧いた。

「なるほど。つまりふたりは許嫁《いいなずけ》ということか」

「へ？　いいえ、私と沖田君は許嫁ではありませんよ」

「そして幼い頃の約束を果たすために、赤羽さんは単身日本へ……」

「いえ、私は家族と一緒に来日しましたが……」

「そして、今ではマンションで同棲《どうせい》生活というわけか」

「同居しているのは、沖田君ではなくて一緒に来日した家族です」

妄想——というかゴシップを膨らませていくクラスメイトたちに、七海が律義に訂正を入れている。こういうところ、マメな子である。全然効果はないけれど。

一方、友翔は……もうすでに諦めていた。こうなってしまった以上、もう飽きられるのを待つほかない。まあ、数日もすれば忘れられることだろう。

「はい、静かに。ホームルーム続けるから、あとは休み時間か放課後にやれ」

何気にクールダウンの役割を果たしてくれた担任に、友翔は心の底から感謝した。

そしてホームルームやらなんやらが終わり、あっという間に放課後。いまだにクラスメイトに囲まれている七海を、友翔は輪の外からぼんやりと眺めていた。

「七海ちゃん、日本にはどれくらいいる予定なの？」

「母のサバティカルが終わるまでなので、一年の予定です」

「サバティカルって何？」

「研究に専念するための休暇というところでしょうか。母はスウェーデンの大学で教員をしていまして」

「親が大学の先生って、すごっ！」

「ありがとうございます」

「てか、ずっとスウェーデンにいたのに、日本語マジで上手だよね。あたしらよりもうまいんじゃない？」

「ありがとうございます。幼稚園の頃から祖母に鍛えてもらいましたので」

「スウェーデン語も話せるの？」

「はい。向こうでは家でも基本的にスウェーデン語ですので。私にとっては、日本語よりも身近ですね。──あ、でも、日本に来てからはスウェーデン語が出ないよう気を付けて生活しています」

「なんで敬語なの？　もっと砕けた話し方で大丈夫だよ？」

「日本語はニュアンスが難しいですし、どうしても不慣れな言語ですので、敬語を使う方が私としても楽なんです。なので、気にしないでもらえるとうれしいです」

相変わらず、ひとつひとつの質問に丁寧に受け答えをしている。

ちなみに例の許嫁ネタは速攻飽きられたようで、クラスメイトから追及を受けることはなかった。……別に寂しくはない。

「──沖田君！　お待たせしました！」

友翔がこっそり涙を拭っていると、元気な声が響いた。

見れば、カバンを手にした七海がいつの間にかそこに立っていた。どうやらクラスメイトの質問攻めから解放されたらしい。というか、七海が上手に抜け出したという感じか。

「それじゃあ沖田君、行きましょうか！」

「りょーかい」

友翔も軽いカバンを肩にかけ、七海と一緒に教室を出る。

今日はこれから、七海に部活の案内をすることになっているのだ。

この学校では、全生徒がいずれかの部に入ることになっている。そのことを七海に話したところ、友翔が入っている部を見学したいとお願いされたのだ。

教室を出た友翔は七海を連れ、特別教室が集まる棟の一階に下りる。そのまま廊下を一番奥まで進んだ先にある地学室が目的地——友翔が所属する部の部室だ。

「ここが、地学室ですか。随分と奥まったところにあるのですね」

「在校生のほとんどは一度も利用しない教室だしね。地学の選択者って、各学年に数人しかいないし。でも、その分隠れ家的な感じでいいと思わない？」

「隠れ家……。なるほど！　そう聞くと、ワクワクしてきますね！」

「ご期待に添えるといいんだけど」

七海に笑いかけながら、友翔は地学室の引き戸を開ける。

引き戸の先には——男子生徒の背中に馬乗りになっている女子生徒がいた。

「……帰ろうか、七海」

「え？　え？　沖田君、急にどうしたんですか？」

ピシャンと引き戸を勢いよく閉め、友翔は七海の背中を押しながらさっさと踵《きびす》を返した。

「ちょっと待って！　違うんですよ、先輩！」

すると、再び引き戸が開き、馬乗りになっていた女子生徒が飛び出してきた。

彼女は、今村真由《いまむらまゆ》。肩の辺りで切り揃えた髪がトレードマークの後輩だ。

ちなみに、引き戸の先でいまだ俯《うつぶ》せになりながら、友翔に向かって爽やかに笑いかけている男子生徒は祥平だ。

地学室の中にはさらに、オロオロと様子を窺う髪の長い女子生徒と、我関せずといった顔で読書を続ける黒縁眼鏡の男子生徒の姿がある。女子生徒の方が黒木百花《くろきももか》で、男子生徒の方が高井隆一《たかいりゅういち》。このふたりも、部の後輩だ。

と、それはさておき……友翔は、真由に冷ややかな視線を向ける。

「そうか、違うか。じゃあ、お前らは一体何をしていたんだ？」

「廊下から先輩と女子の話し声が聞こえたから、先輩が新年度早々女の子をたらし込んだのかと思い、ちょっとばかし覗きを……」

「覗くな。てか、それでどうして祥平に馬乗りになるんだ」

「いや、祥平先輩と一緒に覗いてたら、百花が『やめた方が……』って言ってきまして。で、後ろ向いて『大丈夫、大丈夫』って言ってたら、足が滑って祥平先輩の上にドシンッとなりました」

「俺じゃなければ、ろっ骨をやっているところだったな」

「まったく……。何やってんだよ、お前ら……」

どこまでもボケ倒す祥平と真由を前に、友翔が疲れた様子で吐息を漏らす。

しかし、友翔の苦言なんて、どこ吹く風。諸悪の根源はというと——。真由《まゆ》
「それはそうと——先輩、そっちのかわいい子は誰ですか？　もしかして入部希望者ですか？　まさか先輩の彼女とかじゃないですよね」

友翔を脇へ押しやり、七海へ特攻を仕掛けていた。

「あ、ええと、赤羽七海です。七海とお呼びください」

「七海先輩！　リボンの色が青ってことは二年生ですよね！　めっちゃかわいい！　入部希望ですか？　友翔先輩との関係は？」

「あの、ええと……」

「いいからお前は一旦黙ってろ」

真由を困惑する七海から引き剥《は》がしつつ、友翔は頭痛を堪えて眉間を押さえるのだった。

そんなこんな、案内する前からぶっ飛んだ出迎えを受けた数分後。

「それじゃあ、改めて紹介するな。こっちの無駄に爽やかなのが文天部部長の望月祥平。俺たちと同じ高等部二年でクラスは五組だ」

「どうも、望月祥平です。よろしく」

「そして、こっちの三人がこの四月から高等部に上がってきた一年生。右から今井、黒木、高井」

「どもども、今井真由です」

「は、はじめまして。黒木百花です」

「高井隆一です。よろしくお願いします」

立ち話もなんだから、とひとまず地学室の奥へ移動し、年代物の木製角椅子を人数分車座にして座ったところで、友翔が部員たちを七海に紹介した。

ちなみに、友翔以外の四人は全員中等部からこの学校に通う内部進学組だ。

「ご丁寧にどうも。改めまして、赤羽七海と申します。七海と呼んでもらえるとうれしいです。名前の通り日本人ではありますが出身はスウェーデンで、クラスは沖田君と同じ二年一組です。よろしくお願いします」

七海の方も、改めて祥平たちにあいさつする。

祥平と真由のトンチキのせいで最初はどうなるかと思ったが、どうにか想定した流れに戻すことができた。案内人となっている友翔は、心の中で安堵する。

「改めて質問です！　七海先輩は友翔先輩とどういう関係なんですか？　もしかして付き合ってるとか？」

安堵の時間は、二秒しか持たなかった。

あいさつが終わったとみるや、真由がサクッと下世話な質問を飛ばした。

「違いますよ。私は沖田君のお祖父様のマンションに住まわせてもらっているんです。それで、日本に来てから沖田君のお世話になっていまして。今日も、沖田君が入っている部を紹介してもらいに来ました」

一方、七海は動揺する素振りさえ見せず、友翔との関係を伝える。クラスメイトたちから質問攻めのおかげでその手の質問に慣れたのか、実に簡潔かつ正確で隙のない回答だ。七海の対人スキルの高さに感謝である。

「それで、この部はどういう活動をしているところなのでしょうか？　先ほど、沖田君は〝文天部〟と仰《おっしゃ》っていましたが」

聞き馴染みのない言葉のせいか、七海が首を傾げながら文天部の面々を見回す。

「文天部は、文芸部的な活動と天文部的な活動をする部活だ」

「そそ。上から読んでも下から読んでも〝ぶんてんぶ〟。元々はそれぞれ文芸部と天文部として活動してたんですけど、去年の秋にそれぞれ部員不足になっちゃいまして。

『このままだと廃部だ！』ってなっちゃったので、それじゃあ合体しちゃえってことになってできたのが、この文天部です。……まあ、それでも部員数ギリギリなんですけどね」

質問を投げかけられ、祥平と真由が率先して自分たちの部についての紹介を始めた。こういうところは素直にありがたい。補足するなら、友翔以外の全員が元天文部であり、元文芸部は友翔だけ。実際のところ、合体というよりも吸収と表現した方が正しいかもしれない。

故に、友翔の心情はちょっと複雑だ。先ほどの真由の言葉からもわかる通り、祥平たちは友翔を対等な立場で迎えてくれたが、友翔からするとやはり遠慮のような感情が働いてしまう。自分はここにいていいのだろうか、立場の違う自分が彼らの輪の中に入っていいのか、とどうしても考えてしまうのである。

それに、彼らは……全員内部進学組。一年前の彼女たちと同じ内部進学生。祥平たちには何も非はないとわかっているが、心のどこかが拒絶してしまっているのだ。

それらが結果として緩い心の壁のようになってしまっていることは、友翔も自覚している。その壁を、特に祥平と真由が気にしていることも。

ショッピングモールで七海から波奈の話を聞いた時も、重ね合わせたのは自分の部内での立ち位置――いや、心の距離感だった。

要するに、友翔も波奈と同じでコミュニティに馴染めない側だったというわけだ。それも、コミュ障というわけでもないのに、自分から勝手に距離を作っていくという厄介なタイプの……。

もっとも、それも今は関係ないこと。友翔は、祥平と真由の話に真剣に耳を傾ける七海を見つめる。

「ちなみに活動日は、基本的に火曜日と木曜日だ。具体的な活動としては、天文部としての天体観測や文芸部としての読書会なんかを行っている」

「ええと、創作活動はしないのですか？」

祥平の説明に、ふと気になった様子で七海が尋ねる。

そこに、チャンスの匂いを感じ取ったのだろう。目をキランと輝かせた真由が、七海の手を握る。

「七海先輩、創作活動に興味あるんですか？」

「はい！　私、絵本を作るのが夢で、スウェーデンではそのための物語を書いていました」

「なるほど、なるほど～。もちろん創作活動だって全然ＯＫですよ。文天部に不可能はありません！」

夢を語る七海に、真由が調子よく答える。

傍から聞いていると怪しい勧誘そのものだが、まあ創作活動をしてもいいのは事実だ。文天部を発足させる際、活動内容にもきちんと『文芸の創作活動』と書いたし。友翔としては少しデリケートな話題なのでメンタルにノイズが走ったが、七海の夢は前にも聞いていたからか、前回ほど心が乱れることもない。

なので、黙って成り行きを見守っていたのだが……それがいけなかった。

「ちなみに、どなたか絵を描くのが好きな方はいらっしゃいますか。実は私、物語を作ることはできるんですが、絵が苦手で……絵を描いてくれるパートナーを探しているんです」

「――ッ！」

不意打ち気味に発せられた七海の言葉で、友翔の心臓が大きく脈打ち、心のざわめきが大きくなった。頭の中に、さげすむような笑い声が響く。

「うーん、残念ながら今の文天部で絵を描いている人はいないですね。そういうパートナーは、美術部や漫研で探した方がいいかもです」

「そうですか……」

真由が苦笑しながら答えると、七海は残念そうに肩を落とした。

このまま、この話題が終わってくれれば――。

心臓とメンタルを落ち着けるように深く呼吸をしながら、友翔は話題が切り替わることを期待する。しかし、その願いも虚しく、真由が友翔の方を向いた。

「あ、でも確か友翔先輩って、文天部になる前は絵本作っていたんですよね」

一瞬、何を言われたのかわからなかった。

なんで真由がそのことを知っているのか。文天部でその話題に触れたことは一度もないのに。

「お前、どこでそんなこと聞いたんだ……」

「文天部発足の時に、引退した文芸部の元部長さんから聞いたんです。友翔先輩が入学してすぐの頃、絵本を作っていたって。元部長さん、友翔先輩の絵をべた褒めしていて、『それなのに、やめてしまったことが残念』ってうなだれていました」

友翔の問いかけに、真由はあっけらかんとした顔で答える。さらには「ちなみに写真ももらいました」と言って、スマホの画面をみんなに見せ始めた。

そこに写っているのは、一年前に友翔が作っていた絵本の一ページだ。友翔が部室へ持っていった際に、元部長が撮影していたのだろう。

余計なことを、と真由に対して思ったがもう遅い。友翔の絵を見た七海は瞳を輝かせ、友翔の手を握った。

「沖田君、私と一緒に絵本を作ってくれませんか？」

屈託のない笑顔で、七海が誘いをかけてくる。

しかしその瞬間、友翔の意識が反転しかけた。

――調子に乗っちゃってさ。

――本当にキモかった。

目の前がチカチカし、頭の中に断片的な記憶がいくつも浮かぶ。呼吸が浅くなり、耳の奥に嘲笑《あざわら》う声が木霊《こだま》する。ひどい乗り物酔いでもしたかのように、吐き気とめまいに襲われる。

七海が悪いわけではない。ただ、彼女が発した言葉が、偶然にも友翔の忌《い》まわしい記憶を完全に呼び起こしたというだけ。

だから友翔は七海とみんなにバレないよう、歯を食いしばって吐き気とめまいに耐える。

「……ごめん、七海。確かに昔はやっていたけど、俺はもう絵本作りをやめたんだ。だから一緒に絵本を作ることはできない」

変に希望を持たせては不誠実というものだ。友翔は精一杯、表情と声音を取り繕って、七海からの誘いを断る。

しかし、七海は諦め切れないのか、さらに言い募る。

「また絵本作りを始めるつもりはないのでしょうか」

「ごめん」

友翔が再び謝ると、七海も「そうですか……」と呟いて友翔の手を離した。

そうも悲しげな顔をされると心が痛むが、これぱかりは仕方ない。できないものは……できないのだ。

「先輩、こんなに絵がうまいのに……。なんかもったいないです」

「俺にも色々事情があるんだよ」

七海に加勢する真由に、友翔は視線を合わせないまま答える。

同時に、なんでこうなってしまうのだろう、と自己嫌悪に陥る。

肌でわかる。自分の言動によって、この場の空気を重くしてしまった。せっかくの七海の部活見学に水を差してしまった。七海にも、他の部員にも、本当に申し訳ない気持ちになる。

だが、そんな重苦しい空気をパンッという乾いた音が引き裂く。

友翔を含め全員が音のした方へ目を向けると、七海が笑顔で両手を合わせていた。

「七海、どうかしたか？」

「……沖田君、私、この部に入ることにします」

「へ？」

「マジですか、七海先輩！」

七海の突然の入部宣言を、友翔は訳がわからないという顔で、真由はこれ以上ないくらい目を輝かせて受け取る。

友翔のせいで生まれてしまった重苦しい空気が、一瞬にして吹き飛んでいく。

「それじゃあ七海先輩、早速入部届書きましょう！　祥平先輩、準備を——」

「安心しろ。もう用意してある」

「ナイスです！」

どこからともなく入部届を取り出した祥平に、真由がサムズアップで応じる。

七海が入部届を書く姿を、友翔は呆然と見つめる。

すると、視線に気が付いた七海が、友翔の方を向いて微笑んだ。

「いきなりですみません。でも私、決めました。この部に入って、沖田君がまた絵本を作りたいと思うのを気長に待つことにします」

「…………」

その言葉に、友翔は何も答えることができなかった。


部活が終わって帰宅した友翔は、自室で机の前に佇《たたず》んでいた。

「『気長に待つことにします』か……」

七海から言われた言葉を呟き、友翔は机の上を見つめる。

机に置いてあるのは、一冊の本。一年前、友翔がスケッチブックを使って作っていた絵本だ。

『また絵本作りを始めるつもりはないのでしょうか』

『なんかもったいないです』

数時間前、七海や真由に言われた言葉が、頭の中に響く。

自分だって、できるものならまた絵本を作りたいに決まっている。けれど、どうしてもできないのだ。

試しに絵本の作りかけのページを開いてみる。

そこにあるのは、あの日から時が止まってしまった描きかけの絵。友翔は鉛筆《えんぴつ》を手に取り、続きを描こうとしてみる。

しかし、鉛筆が紙に到達する前に、指が震え出した。心が拒絶しているのだ。一年経った今でも、どうしようもなく……。

「やっぱり、俺には無理だよ……」

友翔はうなだれながら鉛筆を置き、スケッチブックを閉じた。

3

部活が無事に決定し、クラスでは相変わらずの人気っぷり。七海は最高の形で日本での学校生活をスタートさせた。友翔も肩の荷が下りた心地だ。

ちなみに波奈の方もインターナショナルスクールで順調な滑り出しができたようで、こちらも一安心。

そして迎えた四月の第二土曜日。

「本日から働かせていただきます、赤羽七海です。どうぞよろしくお願いいたします！」

絵本カフェ・ポックルには、朝から元気で愛らしい声が響いていた。

「はい、こっちこそよろしくね。看板娘が入ってくれて、うれしい限りだわ」

カフェの実質的店長である友翔の母が、頬に手を当てながらニコニコ応じる。

七海は社会勉強を兼ねて、土日だけポックルでアルバイトをすることになったのだ。今日は、その記念すべき初日である。

「私、本当に感激です！　まさか絵本カフェ・ポックルで働くことができるなんて！」

どうやら七海も、このアルバイトを心待ちにしていたらしい。今も身につけたエプロンをじっくり眺めたり、制服のあちこちを見回したりしながらはしゃいでいる。

なんというか、見ているこっちまでうれしくなるというか、幸せになってしまう光景だ。

すると、和みすぎて頬が緩んでいた友翔の方に、七海が歩み寄ってきた。

「どうですか、沖田君！　今度は似合っていますか？」

新学期初日のリベンジのつもりなのだろう。あの時と同じく、七海は友翔の前で軽やかにクルッとターンしてみせる。働きやすいように今日はポニーテールにしてある黒髪が、流れ星のように尾を引いて友翔の前を横切った。

「えっと……あ、うん、似合ってる！」

「やりました！」

見惚れていたことを隠すように慌てて力強く頷くと、七海はリベンジに成功したのがうれしかったのか、得意げに笑った。

その笑顔もあまりに眩《まぶ》しくて、友翔は頬を軽く染めたまま視線を泳がせた。

実際、七海はいつにも増してかわいらしい。ポックルの女子制服は、白のブラウスとこげ茶のロングスカートの上に濃緑のエプロンという仕様だ。そのシックで落ち着いた色合いが、より一層七海の整った容姿を際立たせている。この制服は七海のためにデザインされた、と言われても信じてしまいそうなくらいだ。

「お姉ちゃん、すごくかわいい！　こっち向いて！」

そして波奈が、普段見られないテンションで七海の写真を撮り続けていた。波奈はバイトをするわけではないが、七海にくっついてきたのだ。

カメラを構えた波奈の姿は、推し活中の限界オタクそのもの。これも学校の問題が解消された効果かもしれない。いや、そう思っておくことにしよう。

「まあ、何はともあれ七海ちゃんは今日が初仕事！　友翔、あんた先輩として、ちゃんと指導してあげなさいよ」

「了解。頑張ってみるよ」

発破をかけるように背中を叩いてくる母へ、友翔も気合を入れて応じる。

そんなドタバタもありながら、カフェは定刻通りに営業開始。ちらほらと客が入ってくる中、友翔たちも接客を開始する。

そして、友翔は戦慄《せんりつ》することになった——。

「いらっしゃいませ！　二名様ですね。こちらにどうぞ！」

「ご注文を復唱させていただきます。ポックルコーヒーがふたつ、ホロのはちみつパンケーキがひとつ、ポックル特製エッグタルトがひとつでよろしいでしょうか。——はい！　では、しばらくお待ちください」

「お待たせしました！　ポックルミルクティーとコロンの苺《いちご》ショートです。ごゆっくりおくつろぎください！」

「お会計、千四百円になります。——はい、ちょうどお預かりいたします。どうもありがとうございました。またのお越しをお待ちしております」

開店から、およそ二時間。

ポックルの店内には、七海の明るい声が行き交っている。

そして友翔は、それを呆然と見守っていた。——もちろん、きちんと仕事はしているが。

友翔の目から見ても、七海の接客は初めてとは思えないくらい堂に入ったものだった。有体に言ってしまえば、教えることがない。事前にアルバイト用接客マニュアルとカフェのメニューを渡して読んできてもらったが、まさかここまで完璧にこなせるとは思っていなかった。

店としてはありがたい限りなのだが、接客に慣れるまでに時間がかかった自分と比べると、複雑な光景だ。

「友翔君、友翔君」

と、あまりに頼もしすぎる新人看板娘に軽く自信喪失していると、名前を呼ばれながら背中をつつかれた。見れば、カフェの常連である坂野が、ニコニコしながらこちらを見上げていた。

「ああ、坂野さん。こんにちは、いらっしゃいませ」

「あの子、初めて見る子ね。アルバイトの新人さん？」

「今日が初日のアルバイトさんです。俺の同級生で、接客も初めてって聞いてたんですが……」

「とても今日から働き始めたとは思えないわね。まるで、何か月も働いているベテランさんみたい」

「ええ、俺も驚いてます。俺、教育係なのに、教えることが何もないですよ。メニューも値段含めて完璧に覚えているし……。初日から名実ともに看板娘です」

「あらあら、優秀な新人さんが入ると先輩も大変ね。でもそれなら、友翔君はお菓子作りの方にもっと力を注げるようになるんじゃない？」

「ああ、そっか。そういう考え方もできますね。確かにいいかも……」

坂野の助言ももっともだ。しばらくしたら母に相談してみようと、本気で算段する友翔であった。

「もしそうなったら、エッグタルトに続く友翔君の新作、期待してるわ」

「ありがとうございます。――あ、ちなみにご注文は、いつものエッグタルトとアイスティーでよろしいですか？」

「はい。それでお願いします」

坂野との会話を切り上げ、厨房にいる母に注文を告げる。すぐさま用意された品を給仕して戻ると、母がスタッフルームを指さした。

「友翔、手が空いたならお昼休憩入ってきなさい」

「いいの？　俺が抜けたら、ホールが新人の七海と、バイトさんひとりだけになっかさっきお父さんも来たから私もホールに出られるし、お客さんも落ち着いてきたから問題ないわ。というか七海ちゃん、あんたがいなくても全然平気そうじゃない。かわいい分、むしろあんたよりも使えるわね」

「……息子の胸を抉《えぐ》るようなこと、はっきり言わないでもらえますかね」

母からの遠慮も配慮もない指摘に、友翔はこめかみをひくつかせた笑顔で反論する。

と、そこにちょうど接客の手が空いたらしい七海が戻ってきた。

「テーブルのお片付けとお掃除、終わりました！」

「ありがとう、七海ちゃん。それなら……うん、七海ちゃんも友翔と一緒にお昼休憩に入っちゃって。——友翔、賄《まかな》い用意してあるから、七海ちゃんに出してあげて」

「はいよ、了解。じゃあ、休憩入ります。——七海、行こうか」

「はい！　ありがとうございます。休憩、いただきます」

友翔に倣《なら》ってホールに一礼した七海を連れてスタッフルームに引っ込み、ふたり分の賄いを用意する。今日はナポリタンスパゲッティだ。

ふたりで「いただきます」と手を合わせ、温かい内にいただく。

と、それはいいとして、せっかく落ち着いて話せる時間ができたのだ。

「どう七海、初めてのバイトは。何か困ったことはない？」

この時間を有効に使い、友翔は七海にバイトの感想を聞いておくことにした。

……一応言っておくが、先ほどの母からの指摘を気にして、先輩っぽいことをしておこうとしたわけではない。

「そうですね……。今のところ、困ったことはないです。ただ、緊張しっぱなしで、あっという間に時間がすぎていく感じです」

「へえ、意外。俺には、すごく堂々としていて余裕があるように見えたけど」

「――あっ！　ええと、そんなことないですよ。やっぱり、実際にお客様を前にするのは違います。緊張で、一瞬何を言うのかわからなくなる瞬間があります。どうしようって、思わず沖田君を目で探してしまったことも、何回かありました」

「そうだったんだ……。ごめん、俺、全然気付いてなかった」

七海の苦笑交じりの告白に、友翔は猛省しながら頭を下げた。

友翔の目からは完璧に見えていた七海も、実は不安になる瞬間があったのだ。

いや、そんなのむしろ当然だ。だって、初めてのバイトなのだから。

それなのに、何も気が付かないまま七海は問題ないと決めつけていた。自分がどれほど能天気であったかを悟り、情けない気分になってくる。教育係失格だ。下げた頭を上げられなくなってしまう。

「あの、別に沖田君を責めているわけじゃないですよ。だから、その……謝らないでください」

友翔をうなだれさせてしまったことに、責任を感じたのだろう。七海は焦った様子で両手をパタパタと振った。

「沖田君も仕事をしていたんですし、仕方ないです。それに、沖田君がいなくても解決できましたから、大丈夫です。まったく問題ないです！」

「……そっか。俺がいなくても大丈夫か。ハハハ、そっか……」

七海からの励ましの言葉に、友翔は心の中でジワリと涙を零《こぼ》す。

慰めてくれていることはわかるし、悪意がないこともわかる。だけど『いなくても解決できる』と七海からも言われるのは、先ほどの母からの言葉以上にダメージが大きかった。

ただ、七海が言いたいことは、どうやらそれで終わりではなかったらしい。

「それに、私が堂々と仕事をしているように見えたとしたら、やっぱりそれは沖田君や他の皆さんのおかげだと思います」

「俺たちのおかげ？」

続けて発せられた七海の言葉に、友翔がどういうことかと首を傾げる。

すると、七海は表情をほころばせて続けた。

「このお店には、沖田君や店長さんたち、それに他のバイトさんもいる。もしも対処できないことがあった時、頼っていい人たちがいる。そう思ったら、緊張はしても、自然と『なんとかなる！』って思えてくるんですよ」

　言葉とともに、七海が穏やかな目で友翔を見つめる。

「だから、落ち込まないでください。たとえ助けを求める機会がなかったとしても、沖田君は私にとって必要な人なんです」

「……うん。ありがとう、七海」

　自信を持ってくれ、と言う七海に、友翔も素直に感謝の言葉で応じる。

　もちろん友翔だって、七海の言葉を真に受けて『なんだ、よかった！』と楽観的に考えているわけではない。七海の小さな救難信号に気付けなかった事実は、消えたわけではないのだ。

　でも、いつまでもそれを引きずっていてはいけない。失敗はそれ以上のよい仕事で取り返す。それが、励ましてくれた七海に対する礼儀だと思うから。

　第一、いつまでも落ち込んでいたら、まるで何も言わなかった七海を責めているみたいではないか。そんなのは絶対ダメだ。

　七海が楽しく働けるように、自分ももう一度気を引き締める。教育係として、同僚として、友達として、七海のために自分が何をできるのか考える。

　だから、まずはその第一歩。

「ねえ、七海」

「なんですか？」

「接客で困ったことや、それ以外にも気になることとかあったら、いつでもいいから話してよ。一緒に考えることで、もしかしたらもっと店のサービスをよくできるかもしれない。働きやすくできるかもしれない」

七海は優秀だ。だから、友翔から教えられることは何もないかもしれない。けど、働き始めて間もない七海だから気付くことも、きっとある。それを突き詰めていくことが、おそらく自分が七海にしてあげられる最大の貢献だ。

「だから、ポックルをもっといい店にするために、七海の力を貸してほしい」

そう信じるから、友翔は先ほどとは別の意味でもう一度頭を下げた。

「はい！　ポックルがもっと繁盛するように、私も微力ながら協力させてもらいます！」

そして、友翔の申し出に対する七海の返事は、実にシンプルなものだった。

なんというか、本当に自分の何倍もしっかりした期待のルーキーだと、友翔は改めて実感した。

そんなこんなで友翔にとって反省しつつも実り多い昼休憩が終わり、客足も完全に落ち着いた昼下がり。

「やっほー、友翔先輩、七海先輩！　陣中見舞いに来ました！」

「売上貢献しに来たぞ」

カランコロンとベルを鳴らして店に入ってきたのは、真由と祥平だった。

昨晩、文天部のグループチャットで七海がバイトを始めると知り、【応援に行きます】【俺も暇だし】と言っていたが、本当に来たらしい。

同時に、友翔としては七海の社交性の高さに素直に感心だ。自分は半年あっても馴染み切れていないのに、七海は数日であっさり〝文天部の一員〟になってしまったのだから。

「真由さん、望月君、いらっしゃいませ！　本当に来てくれたんですね！」

「当たり前ですよ！　七海先輩の初仕事、応援に来ないわけにはいかないですって」

「ありがとうございます、真由さん」

うれしそうに店の入り口まで駆けて行った七海の手を取り、真由がブンブンと振り回している。

出会ってまだ一週間も経っていないというのに、このふたりは特に仲良しになった。

七海も真由のことは名前で呼んでいるし。

「あのふたり、一昨日の部活で一気に仲良くなったよな」

「部長としては、新入部員が打ち解けてくれてうれしい限りだ。七海のような目立つ子が入部早々退部でもしたら、文天部の評判が地に落ちかねないしな」

「お前はまた打算的なことを……」

「部長として、当然のことだ。まあ、ふたりとも明るくて社交的だから、こうなるのも必然の流れだったってところだろう」

「いや、〝明るくて社交的〟ってところは否定しないけど、あのふたりの場合、それだけじゃないだろう」

いつものように明け透けにゲスいことを語る祥平の隣で、友翔はじゃれ合う真由と七海を見やる。

友翔の脳裏に蘇《よみがえ》るのは、一昨日の部活のことだ。

七海を迎えた新学期初日はあいさつと今後の予定確認でサクッと締め、本格的な活動開始となった一昨日の木曜日。その活動内容は、好きな本を読んで作成した書評——というか、読書感想文——を持ち寄っての発表会であった。

ちなみにこれは、文芸部が長期休み後にやっていた伝統行事を引き継いだものだ。

そんなわけで、読書感想文もとい書評を作っていない七海は先輩部員五人の発表を聞いているだけとなるはずだったのだが……好きな本について語ると聞いて、七海が黙っているわけがない。

『ぜひぜひ、私も参加させてください！』

と、キランキランに目を輝かせながら宣《のたま》った七海は、原稿もないのに急遽《きゅうきょ》参戦。来日初日に友翔に向かってかましたのと同じテンションで、約一時間にわたってポックルシリーズの素晴らしさを語り続けた。もはや発表会という体裁を飛び越えて、七海の独壇場である。

そして、七海の語りにほぼ全員が圧倒され続ける中、唯一ついていったのが、この真由であった。

一応ポックルシリーズを全巻読破していたらしい真由は、七海の熱弁にケラケラ笑いながら合いの手を入れ、興が乗ってくるとふたりでアドリブの寸劇まで始めてしまった。そして、下校時刻のチャイムが鳴るまで歌い踊り続ける内に、いつしかふたりの間には友情が芽生えたというわけである。

今にして思えばこのふたり、根っこの部分で気質が似ていたのだろう。俗に言う馬が合うというやつだったのだと、友翔はじゃれ合うふたりを見て思った。

だが、そんなふたりの間に割り込む影があった。

「お姉ちゃん、仕事中でしょ。はしゃぐの禁止」

「あ、そうね。ありがとう、波奈」

波奈がやや拗ねた雰囲気で七海を窘《たしな》めた。七海が真由とふたりではしゃいでいるので、やきもちを焼いたのだろう。

しかし、友翔は思った。ここで出てくるのは悪手だったなと。

「うわっ！　何この子、超かわいい！」

「え？　あ、あの……」

案の定、真由が目を輝かせて波奈に突撃を仕掛けた。

この光景、七海を地学室に案内した日にも見た。

「ああ、この子は私の妹の波奈です。波奈、こちらは同じ部の今村真由さんよ」

「七海先輩の妹さん！　なるほど、道理で美人さんなわけだ。ひゃ～、まつ毛長い」

「いや、だからあの……」

真由の無邪気と好奇が入り混じった視線にさらされて、波奈がたじろぐ。

人見知りの波奈にとって、ガンガン距離を詰めてくる真由は相性が悪すぎるだろう。

仕方ないので、今度は友翔が波奈と真由の間に割って入る。

「今村、それくらいにしておけ。店の中でセクハラを働くな」

「えー、セクハラなんてしてないですよ。ただ、愛でてるだけで」

両手をワキワキさせながら、「にへへ～」とだらしない笑顔で波奈を見つめる真由。

対する波奈の方は、すかさず友翔を盾として差し出した。一切の迷いを感じさせな
い、思い切りのよさだった。よほど警戒しているらしい。

まあ、真由がふざけているだけというのはわかるのだが、友翔はため息をつきながら彼女の頭にチョップを叩き込んだ。

「いった〜い！　ウェイターが客に暴力振るった！」

「すみません。うちでは中学生相手にセクハラする女子を客とは呼ばないので」

頭を押さえて文句を言う真由を、友翔は適当に受け流す。

真由の方も、そう言われては返す言葉もなかったのだろう。「友翔先輩は冗談が通じないな〜」とほざきつつ、ちゃっかりすでにカウンターテーブルに陣取っていた祥平の隣に座った。

そんなふたりへ、七海が気を取り直して注文を取りに行く。

「おふたりとも、ご注文はどうされますか？」

「う一ん、そうだな〜……。ちなみに、七海先輩のおすすめは？」

「おすすめですか？　それはもちろん、沖田君特製のエッグタルトです！　一口食べれば、おいしくて幸せな気持ちになれます！」

真由におすすめを訊かれた七海が、笑顔で即答する。

友翔としては、うれしいやら恥ずかしいやら。七海からの純粋な称賛を受けて、顔を赤くしたまま何も言えなくなってしまう。

すると先ほどの仕返しか、すかさず忍び寄った真由が、ニタニタと笑いながら友翔の顔を覗き込んだ。

「おやおや～？　顔が赤いですな～、友翔先輩。もしかして、七海先輩から褒めてもらって、照れてます？」

「うるさい。さっさと注文して、おとなしく座ってろ」

真由を邪険にあしらうと、友翔は空いたテーブルの食器を下げに行く。

そんな友翔の後ろ姿に、真由はやれやれと苦笑する。

「あの、真由さん。ご注文はどうしますか？」

「あ、ごめんなさい、七海先輩。それじゃあ七海先輩おすすめのエッグタルトと、ポックルミルクティーをアイスで。祥平先輩はどうしますか？」

「エッグタルトとポックルコーヒーをホットで。砂糖とミルクはいらない」

「わかりました！　しばらくお待ちください！」

真由と祥平にペコリと頭を下げると、七海はカウンターの奥へと駆けていく。その後ろ姿を真由がちゃっかり写真に撮っており、あいつ出禁にしようかなと検討する友翔だった。

と、その時だ。クイッとエプロンの裾を引っ張られた。

「ん？」

何かと思って首だけ後ろを向く。すると、いつの間にかどこかに消えていた波奈が、友翔のエプロンの裾を握っていた。

「波奈、どうかしたか？」

「その……沖田さんに報告したいことがありまして……」

「報告？」

向き直った友翔が首を傾げると、波奈は所在なさげに視線をさまよわせ、しかしすぐ意を決した顔で口を開いた。

「その、わたし、学校で友達が……できました……」

真っ赤な顔で、最後は尻すぼみになりながら波奈が伝えてくれたのは、彼女にとっての大きな一歩で……。

それは友翔にとっても、これ以上ないほど喜ばしい報告であり……。

「そっか……。頑張ったんだな、波奈。すごいよ、マジで」

だから友翔は、呆然としながら素直に称賛の声を漏らした。

無事に馴染めたことは聞いていたが、まさか友達までできたなんて。彼女の事情を知っているからこそ、その一歩のすごさがわかる。

ただ、友翔からの賛辞を受けた波奈は、頬を赤くしたまま首を振った。

「全部、お姉ちゃんと沖田さんのおかげです。家に帰ればお姉ちゃんがいると思ったらすごく安心できて、それに入学式の日の沖田さんの言葉で肩の力を抜くことができて……。ふたりがいなかったら、絶対友達を作るなんてできなかったです」

「謙遜しなくていいよ。けど、俺の言葉が役に立ったなら、それはちょっと誇らしいな。波奈の役に立てたんだって思うとさ」

「はい。だから……ありがとうございました」

友翔に向かって頭を下げると、恥ずかしかったのか、波奈は逃げるように立ち去っていく。今日一日、これを言うタイミングを計っていたのだろうと思うと、なんだか微笑ましい。

友翔は去っていく波奈の背中を、笑みを浮かべて見送った。

真由と祥平が来店してから、しばらく。ポックルの店内がにわかに活気づいてきた。親子連れの客が立て続けに来店したのだ。親たちはテーブル席で談笑し、小さな子どもたちは奥のカーペットに座り込んで絵本を読んだり、ぬいぐるみで遊んだりしている。

「なんだか小さなお子さんを連れたお客さんが続きますね。どうしたんでしょう」

「ああ、そういえば言ってなかったっけ。毎週土曜日は、三時から絵本の読み聞かせ会をやるんだよ。だから、この時間帯は親子連れが多いんだ」

「読み聞かせ会ですか！　素敵ですね！」

友翔から話を聞いた七海が、目を輝かせる。七海自身、彼女の祖母からポックルシリーズを見せてもらっていたという。きっと読み聞かせもたくさんしてもらったのだろう。その輝く瞳には、懐かしいという感情が見て取れた。

「どなたが読み聞かせをなさるんですか？」

「うちのばあちゃんだよ。ばあちゃん、読み聞かせ講座の講師をやるくらいの凄腕《すごうで》なんだ」

「そうなんですか!? それは楽しみです！ ——あ、でも、仕事中にのんびり読み聞かせを見学しているわけにはいかないですよね……」

キラキラした笑顔から一転、七海が「残念です……」とうなだれる。

こんな顔を見せられたら、友翔としては七海にもゆっくり鑑賞させてやりたいと思ってしまう。しかし、本人が言っていた通り、仕事中とあってはどうしようもない。

と、その時だ。

「——だったら、君もやってみるかね」

突然声をかけられ、友翔と七海が背後へ振り返る。

そこには、ポックルのエプロンをつけた祖父が立っていた。そういえば、今日は祖父も昼から店に来ていたのだった。

と、それはさておき、祖父は七海に向かって言葉を重ねる。

「君も読み聞かせをやるというなら、菜生子《なおこ》の読み聞かせを聞くのも仕事の内だ。ゆっくり見学していてもらって構わんよ」

そう言って、祖父は「どうするかね？」と七海に問いかけた。

対する七海は、降って湧いた話に少し戸惑っている様子だ。自分がやってもいいのか。七海の瞳からは、そんな不安が見て取れた。

「確かに読み聞かせ会は見学したいですが……私、読み聞かせなんてやったことないです。それでもいいのでしょうか」

「まあ、うちの読み聞かせ会は、それでお金をもらっているわけではない。菜生子が好きでやっているものだ。前座で素人が飛び入り参加しても、問題ないだろう」

おずおずと訊く七海に、祖父は事もなげに答えた。あとは七海の気持ちひとつということだ。

するると、七海が困ったように友翔の方を見てきた。どうやら、まだ踏ん切りがつかないらしい。

それならば、今ここで友翔がやるべきことはひとつだ。友翔は七海の背中を押すように、力強く頷いた。

「七海ならできるよ。この間の部活の時だって、今村と一緒に歌って踊ってたじゃんか。あれだけやれれば、読み聞かせなんてお茶の子さいさいだって」

「あ、あれは、ちょっと変なテンションになっていたといいますか……と、とにかく忘れてください！」

どうやら発表会での一件は、七海もやりすぎたと思っているらしい。顔を真っ赤にして、早口で言い募る。目をグルグルさせて慌てている姿は、ちょっとかわいい。

「やったことないからとか、そんなのは心配しなくても大丈夫だって。ちょっとくらい失敗したって、みんな笑って許してくれるからさ。ここのお客さんたちは優しいし。七海は、部活の時みたいに自分が好きなものを全力でみんなに伝えればいいよ」

「私が……好きなものを……」

「そうそう。そんで、伝えた後はお客さんたちと一緒に、ばあちゃんの読み聞かせを楽しんでくればいい。頑張った自分へのご褒美だと思ってさ」

友翔がさらに続けてエールを送ると、次第に七海の表情が和らいでいった。どうやら不安を乗り越えることができたようだ。

そして――。

「沖田君の言う通りです！　何事も、まずは挑戦ですね。その上、最高のご褒美まで用意されているのですから、やらない手はないです！」

七海がやる気に満ちた顔で言う。すっかりいつもの前向きな七海に戻ったようだ。

友翔も一安心で、「だな！」と頷く。

「あまざと先生！　私、やってみます！」

「そうかい。じゃあ、頑張ってみなさい」

「はい！」

祖父に向かってにっこり笑う七海が、友翔にはとても眩しく見えた。

## 4　—Side：七海—

ポックルがデザインされた大きな掛け時計が、三時を指し示す。

店内のカーペットエリアでは、合計六人の子どもたちが読み聞かせが始まるのを今か今かと待っていた。

そんな子どもたちの期待の眼差しを一身に受け――。

「どうしましょう……」

友翔の祖母の前座として登場した七海は、『ポックルのぼうけん』を手にしたままカチコチに固まっていた。

まさか自分が、何度も見たこの舞台に立つことになるとは、まったくの予想外。友翔の言葉を受けて一旦は頑張ろうと意気込んだが、いざ始まるとやっぱり緊張してしまう。

「あら？　今日の読み聞かせは、菜生子さんじゃないのね」

「さっき聞いたけど、菜生子さんの前にあの子が一冊読むそうよ」

「今日からアルバイトを始めた子よね。お人形さんみたい」

子どもたちのさらに向こう、テーブル席に座った親たちが、七海を物珍しそうに見つめてくる。

なんだか面接試験でも受けているような気がして、七海はより一層緊張した。

しかし、いつまでも黙っているわけにはいかない。カーペットに座った七海は一度深呼吸をして、目をキラキラさせた子どもたちに笑いかけた。

「みなさん、はじめまして！　私は赤羽七海といいます。日本人ですが、スウェーデンから来ました。七海と呼んでくださいね」

出だしのあいさつはＯＫ。転入先でのあいさつのために何度も練習していたから、体が覚えてくれていた。後ろの方では、親たちからも「しっかりしてるわね」と好感触だ。七海は、心の中で満足げに頷く。

あいさつで少し緊張がほぐれた七海は、手にしていた絵本を開いて、読み聞かせを始めた。

「それでは、はじめますね。『どこかのおやまのおくのおく。おはなばたけのまんなかに、こびとたちのむりゃひゃ――』」

開始早々、緊張で舌が回らずにつっかえてしまった。

きょとんとした子どもたちの視線を感じ、七海は頬に熱を感じる。

「ご、ごめんなさい！　もう一回、最初から」

そう言って、七海は読み聞かせを再開する。今度は舌がもつれることもなく、最初のページを読み終えることができた。心の中で胸をなでおろす。

しかし――。

「あ、あれ？　あれ？」

普段と違う持ち方をしているせいか、今度はページをうまくめくれない。

子どもたちはそんな七海の読み聞かせに飽きてしまったのか、注意が散漫になってきた。中には、手近なぬいぐるみを手に取って遊び始めている子もいる。

このままでは、読み聞かせ会が台無しになってしまう。

七海は背中に冷や汗が流れるのを感じた。頬の熱はすっかり冷め、代わりに血の気が引いていくのがわかる。焦りから目には涙が浮かび、頭の中は混乱し始め――。

「落ち着け、七海！」

不意に聞こえた声に、七海はハッとして顔を上げた。

見れば、カウンターの中で仕事をしていた友翔が手を止めて、こちらを見ている。

いや、それだけではない。こちらを励ますように、力強く笑って頷いている。

友翔の笑顔に、七海の記憶が揺さぶられる。頭の奥に浮かんでくるのは、小さな男の子の笑顔と、彼が教えてくれたひとつの言葉だ。

「〝ゆうきのおまもり〟……」

そう。今、自分の手の中にあるのは、あの時教えてもらった〝ゆうきのおまもり〟と同じもの。

ならば、恐れるものなど何もないのだ。だってこの絵本は自分の味方で――勇気の源なのだから。

心を落ち着けるために、もう一度深呼吸。そして、小さい頃のことを思い出す。

小さい頃、祖母はこの絵本を自分に読んでくれながら、自分と一緒に驚き、笑ってくれていた。そう、自分と一緒に絵本の物語を楽しんでくれていた。

だから自分も、あの時の祖母のように……。

これまで、何千回と読み返してきたのだ。頭の中には、『ポックルのぼうけん』のすべてが入っている。あとは友翔が言っていた通り、この楽しい冒険を子どもたちに伝えるだけ。

七海は、好き勝手に遊び始めている子どもたちに向かって、にっこり笑いかけた。

「みなさん、ごめんなさい。私、初めての読み聞かせで、ちょっと緊張してしまいました。――でも、ここからが本番です。一緒にポックルたちの大冒険を楽しみましょう！」

肩の力が抜けた七海の言葉に、子どもたちが反応する。再び子どもたちの注目を集めた七海は、ポックルたちの冒険譚《たん》を楽しげに語り始めた。

丘に咲くと言われる幻の花を見つける冒険。七海はそれを、まるで自分自身が冒険をしているかのように情感豊かに語っていく。

あまりに楽しそうに七海が語るので、子どもたちの方もすっかり冒険譚の虜《とりこ》だ。時に驚き、時に笑い、時にはポックルたちを応援しながら、七海の読み聞かせに聞き入っている。

気が付けば、絵本はあっという間に最後のページになっていた。

「『――ポックルたちのぼうけんは、これにておしまい。めでたしめでたし』」

七海が物語を締め括《くく》り、絵本を閉じる。

すると、子どもたちから「ええ、もうおわりー？」「もっとききたーい」という、うれしい声が飛んできた。

子どもたちからのアンコールを受けながら、七海は思う。全力で自分の〝好き〟を伝える。友翔のアドバイスに従ったら、こんなにも素敵な経験ができた。

それに失敗しかけた時も、友翔の声で持ち直すことができた。今回の成功とこの素敵な時間は、彼のおかげと言っていいだろう。

ひっそり友翔に視線を向けると、彼は拍手を送ってくれていた。

その姿を見て、改めて思う。やっぱり彼は、今も変わらず彼なのだと。だからこそ、今自分はもう一度ここにいるのだと。

ただ、それについてはまた後で。今は、目の前にいる子どもたちだ。

七海は、興奮冷めやらぬ子どもたちへ視線を送る。

「私の番はこれで終わりですが、読み聞かせ会はまだ終わりませんよ。もう少ししたら、いつものおばあちゃんがさらに素敵なお話を聞かせてくれます。皆さん、私と一緒に最後まで楽しみましょう！」

七海が呼びかけると、子どもたちも「おー!!」と元気よく返事をしてくれた。

5

友翔はカウンターで仕事の手を止め、七海に拍手を送っていた。

友翔の視線の先では、子どもたちに囲まれた七海が楽しそうに笑っている。すっかり子どもたちのアイドルだ。それに耳を澄ませば、「私、思わず聞き入っちゃった」「本当ね。最初はどうなるかと思ったけど、すごく素敵だった」という親たちの声も聞こえてくる。大成功と言って差し支えないだろう。

改めて思う。本当に、七海はすごい子だ。

明るくて、優しくて、頑張り屋で——。そんな七海の人柄に、多くの人が惹《ひ》きつけられていく。きっと自分も、そんな大勢の中のひとりなのだろう。だから、七海が困っていると思うと手助けしたくなってしまう。

「七海先輩、すごいですね」

「早くも大人気って感じだな」

「ああ、本当にな。店的には、これからもやってもらいたいくらいだ」

カウンター席から一緒に拍手を送っていた真由と祥平が、友翔へ声をかけてきた。

ふたりの目から見ても、やはり七海の読み聞かせはすごかったようだ。彼らが七海を褒めるのを聞いていると、自分が褒められているわけでもないのにうれしくなってしまう。

「友翔先輩の助け舟も絶妙でしたよ。七海先輩、あの声でかなり助けられたんじゃないですか？」

「俺の手助けなんてなくても、きっと七海はどうにかしていたよ」

「またまた、謙遜しちゃって」

友翔が思ったままの答えを返したら、真由がからかうようにニヤついた。

それを友翔は、「うっせ」と煩《わずら》わしそうに切って捨てる。この後輩は、ことあるごとにこうしてかかってくるのだ。いい加減やめてもらいたい。

真由をあしらっていると、ホールから拍手の音が聞こえてきて、祖母の読み聞かせが始まった。

邪魔にならないように会話を切り上げ、友翔は仕事に戻りながら耳を傾ける。

七海の読み聞かせは聞き手を巻き込んで盛り上がっていく感じだったが、祖母の読み聞かせは逆。聞いていると安心できるというか、まどろんでいる時のように心地いい。気を抜くと仕事の手を止めてしまいそうになるくらい、心が安らぐ。

そうこうしている内に祖母の読み聞かせも終わり、今日の読み聞かせ会は大盛況で終了となった。しばらくすると、七海も子どもたちから解放されたのだろう。友翔たちの方へ駆けてきた。

カウンターの中へ入った七海は、「沖田君！」と弾んだ声で友翔を呼んだ。

「沖田君、さっきはありがとうございました！　沖田君が声をかけてくれたおかげで、私、最後までできました！」

そう言って、七海がハイタッチを求めるように手のひらを差し出してきた。

友翔は面食らいながらも、エプロンで手を拭って、七海の手に自分の手を重ねる。

なんだかこそばゆい気分になった。

「俺は別に大したことはしてないよ。それよりも読み聞かせ会、楽しかった？」

「はい！　とっても！」

「そっか。なら、よかった」

満面の笑みで頷く七海を見て、友翔の方まで笑顔になってしまう。

すると、そこに真由も顔を出す。

「七海先輩、お疲れ様です！　読み聞かせ、すごくよかったですよ！」

「ありがとうございます！　うれしいです！」

カウンターを挟んでハイタッチを交わす七海と真由。もはや親友と呼ぶのがしっくりくる息の合い方だ。見ていて微笑ましい。

ただ……その後ろでは、波奈がうらやましさと悔しさが入り混じった目でふたりを見ている。自分も入っていきたいけど、入っていくタイミングが掴めないらしい。

「七海」

「はい！」

さすがに波奈がかわいそうなので、ここでも助け舟を出すことにした。七海に声をかけ、ちょいちょいと後ろを指さす。

七海は、それだけでこちらの意図を察してくれた。

「波奈、私の読み聞かせ、どうだった？」

「すごくよかった！　さすがお姉ちゃん！」

「うん！　ありがとう」

波奈にお礼を言いながら、七海は彼女ともハイタッチを交わす。

七海に伝えたいことを伝えられ、ハイタッチもできたからか、波奈はホクホク顔だ。――と思ったら、波奈がこちらに向かって軽く頭を下げてきた。

「ありがとうございます、沖田さん」

「どういたしまして」

うれしそうな表情の波奈に、友翔も笑顔で応じる。お役に立てたようで何よりだ。

それはさておき、友翔は接客に戻った七海に目を向ける。

接客は、相変わらず今日が初日ということを忘れさせるくらい完璧だ。その上、読み聞かせもぶっつけ本番でチャレンジして大成功なのだから、七海のアルバイトは最上の滑り出しだと言えるだろう。

いや、バイトだけではない。学校や部活も、七海は新しい環境に身を置きながら、そのすべてで見事に立ち回り、自分の居場所を早々に作り上げている。

それは波奈も同じだ。波奈は人見知りという自分の殻を破り、彼女にとっては異国の地である日本で見事に新たなスタートを切った。

「俺も、もっと頑張らないとな。あのふたりみたいに」

皿を拭きながら、ポツリと呟く。うかうかしていたら、あっという間にあの姉妹に置いていかれてしまう。

差し当たっては、やはり部活での立ち位置か。自分もいい加減、内部進学生がどうのこうのなんて言っていないで、きちんと部のみんなと向き合わなければ。七海が部のみんなと馴染んでいく中、副部長である自分がいつまでも二の足を踏んではいられない。

あのふたりのように、自分も一歩を踏み出そう。

誰に聞かせるでもなく、友翔はひとりでひっそりと心に誓うのだった。

# 第三章　ふたりの絵本

# 1

友翔は夢を見ていた。

一学期初日の朝にも見た、誰かの意識を共有する夢だ。いや、〝誰か〟という呼称は変か。自分が意識を共有しているのは、昔の自分と似た夢を持つ少女だ。

友翔は少女の目を通して、夜空に輝く星を見ていた。どうやら、家のベランダから夜空を見上げているらしい。

「――――、――――」

少女が空を見上げながら、思い悩んだ様子で呟く。

相変わらず少女の言葉はわからないが、友翔は少女が何に悩んでいるのか読み取る。

どうやらこの少女は、一緒に絵本を作りたいと――自分が書いた物語を絵にしてもらいたいと思える人に出会えたらしい。

しかし、その人に『一緒に絵本を作ろう』と持ちかけて――断られてしまった。

理由は、相手が絵本を作ることをやめてしまっていたから。理由はわからないが、もう描かないと言われたらしい。

なんだかその相手は今の自分みたいだ、と友翔は思う。しかし、この世界ではありふれた話でもある。様々な理由で夢破れて、筆を折る。自分のように……。

まあ、自分のことはどうでもいい。今大切なのは、この少女の心情だ。

絵を描いてもらいたい。けれど、諦めずに誘ったら、相手は困ってしまうのではないか。それどころか、自分の願いを口にすることで、相手と距離ができてしまうのではないか。

そんな踏み出すことで訪れてしまうかもしれない未来が恐ろしくて、この少女は悩んでいるのだ。

おそらく少女にとって、それだけ大事な相手ということだろう。この少女からそれだけ想《おも》われている相手が、なんだかうらやましい。

ただ、大事な相手だからこそ、一緒に作品を作れたらより一層うれしいわけで……。

「――――！　――――！」

結局この少女は、自分の信じる道を進むことに決めたようだ。自らを鼓舞《こぶ》するように、少女が声を上げる。……夜なので声の大きさは控えめだが。

意中の相手に『一緒にやろう』とアタックする。断られても、何度でも。

彼女の意思が、友翔の中に流れ込んでくる。

そんな少女へ、届かないとわかりつつも、頑張れとエールを送る。

友翔はこの少女が絵本作りに対してとても強い気持ちを持っていたことを知ってい

る。そして、絵本のストーリー作りを心から楽しんでいたことも。

だからこそ思うのだ。自分の分までというのはおこがましい話だが、この少女には夢を叶《かな》えてほしいと。

この少女の願いに、相手が応えてくれますように。少女の熱意に充てられて、相手が絵本作りへの熱意を取り戻してくれますように。

手前勝手な話だが、友翔はそう願わずにはいられなかった。

2

七海たちが日本へやってきて、三か月半が経った。

学校では期末テストがようやく終わりを迎え、生徒たちが解放感と夏休みへの期待感で浮かれる今日この頃。友翔たち文天部の面々は、約一週間ぶりに部室である地学室に集合していた。

といっても、テスト明けの今日は、特にやることも決まっていない。テスト採点のための半日授業で、友翔たちが臨時でポックルのバイトを入れていることもあり、昼食を食べながら軽くだべって解散という流れになった。

「あ、そうだ！　もう夏休みまで時間もないし、そろそろ文化祭の出し物を決めないといけませんね」

そう言い出したのは、お弁当のミニハンバーグを箸で切っていた真由だ。

「文化祭……。確か、夏休み明けにすぐ行うのでしたよね。出し物を考えるということは、文天部でも何か催しをやるのですか？」

真由の言葉に反応したのは七海だ。購買で購入したサンドイッチを手にしたまま期待で瞳を輝かせ、真由を見る。

ちなみに七海は三か月以上経っても言葉遣いが敬語のままだ。もっと砕けた言葉遣いにしてもいいと思うのだが、本人的にやっぱり敬語が一番楽とのことだった。まあ、クラスでも部活でも気にしている人はいないようだし、特に問題はないだろう。

それはさておき、真由はミニハンバーグを頬張りながら、七海に向かって「はい」と頷いた。

「強制じゃないですけど、ほとんどの文化部は何かしらの催し物をやりますね」

「催しをやれば、それを実績として生徒会へ報告できるからな。実績がなければ、部は存続できない。特にうちのような活動の成果が示しにくい部にとって、文化祭は最大のアピールの場なんだ」

真由に次いで、部長である祥平が解説を入れる。

各種大会がある運動部などは大会への参加実績、さらには入賞実績でポイントを稼ぐことができる。しかし、それができない部活だって当然存在する。文化祭への参加は、そんな部活に対して活躍の場を提供する、学校側の救済措置なのだ。

するると、祥平の説明を聞いた七海が勢いよく立ち上がった。

「なるほど。つまり、文化祭は文天部の生き残りをかけた大一番ということですね。なんだか燃えてきました！　ちなみに、去年は何をやったのですか？」

「文天部に去年の実績はない。去年の文化祭後にできた部だからな」

「あ……。そういえば、そうでしたね。すみません……」

祥平から端的な指摘を受けて、やる気に燃えていた七海が速攻で鎮火した。

しおしおと椅子に座り直す七海の隣で、友翔が苦笑しながら口を開く。

「一応、去年まではそれぞれ天文部と文芸部として活動していたから、その実績はあるけどな。今年も、方向性としてはそれらを参考にする形でいいんじゃないか？」

最後の方は、部員全員に提案するように言う。

自分で作った壁は、自分で壊す。四月に七海と波奈をお手本にして立てた、友翔の行動指針だ。だから、自分から積極的に提案していく。

「まあ、基本はその路線だろうな」

「異議なーし」

祥平と真由が立て続けに同意を示す。

「けど、天文部と文芸部じゃあ、やってることがまったく違いましたよ」

「そうですね。去年の天文部はプラネタリウムで、文芸部は……文集の作成でしたっけ。去年を参考にすると、結局どちらかの部に合わせる形になる気が……」

珍しく隆一と百花が意見を出してきた。

そんなふたりに対し、友翔はさらっと付け加える。

「別に、やることをひとつに絞る必要はないだろう。それぞれ何かを作って持ち寄って、それを展示するって手もあるしな。そこは考えようだと思うぞ」

「なるほど。確かに色んな展示があった方が、この部っぽいかもしれませんね」

「そういうことなら、私も問題ないと思います」

友翔の見解に、隆一と百花が同意を示す。

これで友翔を含め五人が了承した形になった。

「じゃあ、そういうことで。ひとまずは、次の部活でアイデアを出し合おう。七海もそれでいいか？」

話をまとめにかかった祥平が、唯一まだ意見を出していない七海に問いかける。

しかし、七海の方は何か考え込んでいる様子で、すぐに返事をしない。

これまた珍しい七海の反応に一同が首を傾げていると、彼女はやや遠慮がちに口を開いた。

「あの……、考えてくるアイデアは、ひとりでやれるもの限定でしょうか」

「いや、複数人でやることでも構わない。実際に何をやるかは、次の部活で意見を出し合って検討すればいいし。何なら、誰かと合同での意見って形でもいいぞ」

「そうですか。――わかりました。ありがとうございます」

祥平の回答で満足がいったのか、七海がペコリと頭を下げる。

そして、顔を上げた七海の瞳に何かを決意したような強い光が宿っているのを、友翔は見逃さなかった。


翌日の放課後。

「沖田君、折り入ってご相談したいことがあるのですが……」

足早に教室を出ようとしていた友翔は、七海にそう呼び止められた。

友翔を見つめる七海の表情は、いつにも増して真剣なものだ。おそらく、相談というのはとても大事なことなのだろう。

「……ここじゃあなんだし、部室に行こうか」

「そうですね」

友翔が場所を変えることを提案すると、七海はコクリと頷いた。

七海の相談の内容は、大体想像がつく。というか、ひとつしか思い浮かばない。

相談を聞かないという手もあったが、七海相手にそんな不誠実なことはしたくない。話を聞く前から少し胸が苦しくなるが、グッと堪えて七海とともに部室へ赴く。

「それで、俺に相談って何？」

「はい、実は文化祭の出し物の件でご相談がありまして……」

引き延ばしたところで、メンタル的にいいことはない。部室に着いたところで、友翔は早速本題に入る。

すると、七海は一度こちらの顔色を窺うように切り出し、しかしすぐに首を振って友翔をまっすぐ見つめた。

「すみません。回りくどい話は苦手なので、単刀直入に伺います。——この三か月で、気持ちが変わったりしていませんか？」

「それは、つまり……」

「はい。私と一緒に絵本を作ってほしいという話です」

やはり、相談内容は友翔の予想通りだったようだ。昨日、七海が祥平に質問していた時から、こうなるのではないかと思っていたのだ。

「ごめん。やっぱり力になれそうにない」

けれど、それに応えられるかは別の話。人間関係の方は努力で少しずつ改善させることができているが、絵本作りの方はいまだにどうにもならない。

「俺からも聞きたいんだけど、どうして自分で絵を描くのを諦めたの？　絵を描くのが苦手って言っていたけど、なんか七海らしくないというか……。それに下手っていうのも七海の主観的な評価で、客観的に見たらそれほどでもないってことも……」

「……前に波奈に見せたら、とても気遣わしげな顔で『大丈夫だよ、お姉ちゃん。誰だって、苦手なことのひとつやふたつはあるものだし』と言われました」

「…………」

虚《うつ》ろな瞳で宣う七海に、友翔もかける言葉がなくて絶句してしまった。

七海のことが大好きな波奈をしてそこまで言わしめるとは、一体どれほど下手な絵なのだろうか。逆に見てみたくなってきた。

と思ったら、「実際に見てもらった方が早いですね」と言って、七海が真剣な顔でノートにいそいそと何かを描き始めた。

しばらく待っていると、描き終えたらしい七海がノートを友翔に見せてきた。

「これは……タヌキ？」

「……猫です」

曖昧《あいまい》な笑みを浮かべながら友翔が答えをひねり出すと、七海が泣くのを堪えるような表情で訂正してきた。友翔は、なんだかとても悪いことをしている気分になった。

ノートに描かれていたのはかろうじて四足歩行の生物とわかる、なんとも残念な絵だった。これが、今の彼女の全力ということだろう。確かにこれは……控えめに言ってもちょっとひどいかもしれない。

「……わかっていただけましたか？」

「うん、まあ。なんかその……ごめん」

友翔が特に理由もないのに謝ると、七海は遠い目をして「気にしないでください」と微笑んだ。彼女にしては珍しく、哀愁が漂っている。

ただ、七海はすぐにフウッと息を吐き、居住まいを正して友翔のことを見つめた。

「絵本を作りたいと夢を語っておきながら情けない話ですが、今の私の実力では人に読んでもらえる絵本を作ることができません。だから、身勝手であることはわかっていますが、沖田君にお願いしたいんです。──沖田君、私のパートナーとして一緒に絵本を作ってくださいませんか？」

この通りです、と七海が頭を下げる。

同時に、七海が発したパートナーという言葉に、友翔の胸がきしみ出す。

「ええと、例えば絵本じゃなくて童話として作るのはどうかな。ストーリーは書けるっていうなら、そういう手もありだと思うけど……」

「ありがとうございます。でも、どうしても文化祭までに絵本を作りたくて……そこだけは譲りたくないんです。わがままと思われるかもしれませんが、これだけはどう

して も……」

友翔の提案に、七海ははっきりと首を振る。

自分の力量が足りないとわかっていても、夢は捨てられないということだろう。

その気持ちは、友翔にも痛いほどよくわかる。

「なら、前に今村が言っていたように、美術部や漫研の人に頼むとかはどうかな」

「それも考えました。でも、やっぱりダメなんです。沖田君が描いた絵は、私の理想とも言えるもので……。あれを見てしまったら、他の人に頼むなんてできません」

七海はそう言って、友翔の目をじっと見つめてきた。

七海は、相手が嫌がることを無理強いできる性格ではない。そんな七海が、絵本作りをやめたことを知ってなお頼んできたということは、言葉通り友翔の絵を評価したからだと思う。真由がスマホに残していた、たった一枚の絵を。

それに……友翔の脳裏に、数日前に見た夢がよぎる。

今の七海は、夢の中の少女と同じ状況にいる。あの少女を応援したいと思った友翔が、ここで七海の願いを無視するなんてできるはずないのだ。いや、無下に断るなんてこと、したくない。

ただ、それでも……。

「あの、沖田君。私からもひとつ聞いていいですか？」

逡巡する友翔に、今度は七海が問いかける。

「うん、いいよ。何？」

「その、話したくなければ無理には聞かないですが……沖田君は、どうして絵本作りをやめてしまったんですか？」

七海に問われ、友翔の脳裏に嫌な記憶が駆け巡《めぐ》る。口にするどころか、思い出すことさえ避けたい——トラウマの記憶。

けれど、このまま中途半端に断り続けるくらいなら、話してしまった方がいいのかもしれない。

今の友翔が七海に対してできることがあるとすれば——自分を変えてくれた恩人に見せられる誠意があるとすれば、それだけだから。

「……一年前にさ、俺、当時のクラスメイトと絵本を作ろうとしたんだ」

友翔が七海に語り始めたのは、この高校に入学して間もない頃の話。

当時、外部の中学から進学してきた友翔は、うまく友人を作れずにいた。クラスメイトの多くが内部進学組で、すでに人間関係ができ上がっており、入り込む隙間を見つけられなかったのだ。

だから、ひとりで祖父のような絵本作家になることを夢見ながら、創作活動を続けていた。

そんな日々に変化が生じたのは、入学から一か月ほどが経った頃のことだ。

『すごい！　かわいいイラストだね』

部活がない日の放課後、教室で絵本用のイラストを描いていた友翔に話しかけてきたのは、同じクラスの女子だった。

友翔とは違い内部進学生で、クラスでもカースト上位のグループにいる子。

声をかけられた時は住む世界が違うと思っていた友翔だったが、話してみれば意外にもそんなことはないとわかった。

「その子、小説サイトに小説を投稿していて、書籍化はしていないけどネットの小説賞で最終選考に残ったこともある子でさ……」

当時を思い出しながら、友翔は語る。

言ってしまえば、その女子は創作者として自分の先を行く相手だったのだ。

共通の趣味を持っていることもあり、友翔はその女子と意気投合し、時々会話をする仲になった。そして、ほどなくして彼女の提案で絵本を共作することになったのだ。

彼女がストーリーを作り、友翔が絵を描く。そんな感じで。

「俺、クラスに友達らしい友達がいなかったからさ、その子と絵本を作るのがすげぇ楽しかったんだ」

今にして思えば、自分はあの女子に恋愛感情を抱いていたのかもしれない。

しかし、絵本を作り出してしばらく経ったあの日、あの事件がすべてを台無しにした。

「事件……。何があったんですか？」

「そんな大げさなものじゃないよ。ただちょっとその子の友達に俺たちが一緒にいるところを見られて、からかわれただけ」

真剣な表情で訊いてくる七海に、友翔は肩をすくめながら答える。

そう。言葉にすればそれだけのことなのだ。ただ、傍目には些細《ささい》と言われてしまいそうなその出来事が、結果として友翔を一年以上にわたって縛り付けた。

「あの日、俺がその子と一緒に教室で絵本のイラストを描いていたらさ、その子の友達が教室に入ってきたんだ。で、俺たちを見て、おもちゃを見つけたって目で、近づいてきた」

彼女が普段からクラスでつるんでいたのは、カースト上位にいる内部進学生のグループ。そして、そのグループ内での彼女の立場は……相当低いものだった。

今でもよく覚えている。友人たちに見つかった彼女の顔が、一瞬にして真っ青になった光景を。その怯え切った表情を。

そんな彼女を、女子グループの面々は嘲笑《ちょうしょう》を浮かべながら見下ろした。

『あんたさ、こいつと付き合ってるの？』

『マジで？　顔は悪くないけど、完全に陰キャじゃん。ちょっと趣味悪くない？』

彼女の友人たちにとってみれば、友翔は話す価値もないモブキャラという認識だったのだろう。友翔のことを小馬鹿にしているのが、言葉の端々から伝わってきた。

そんなモブと自分たちのグループの下っ端が付き合っている。それは、格好の口実だったに違いない。

こいつは自分たちのグループの格を下げた。そんな名目を盾に、彼女で憂さ晴らしを始めるための……。

そして彼女も、自分がいじめの標的にされかけていることを敏感に察知していた。

だから、慌てた様子で必死に友人たちへの弁明を始めたのだ。……友翔をスケープゴートにして。

『やめてよ。からかってただけだって。こんなのと本気で一緒にいるわけないじゃん』

『ちょっと絵を褒めたら調子に乗っちゃってさ。大したことないのに「絵本作家になるのが夢だ」とか言ってて、本当にキモかった』

あの時、彼女から受けた言葉の数々が、幻聴となって友翔の耳に木霊する。

あの女子も、いじめのターゲットにされないよう必死だったのは、友翔もわかっている。

ただ、逆の立場だったら、友翔だって同じようなことをしていたかもしれない。

ただ、頭では理解できていても、やはりショックだったのだ。

高校に入学して、初めてできた友人。好きだったかもしれない人。同じ創作の夢を持っていて、絵本をともに作ってきたパートナー。

そんな彼女に、自分の夢を否定されたことが……。

「以来、その子とは疎遠になっちゃってさ。ひとりで絵本の続きを作ろうともしたんだけど、絵を描こうとする度にその子の言葉が頭に響いて、何もできなくなっちゃったんだ」

あの日以来、彼女がたまにこちらを申し訳なさそうに見ていたのも、友翔は気付いていた。友翔をスケープゴートにしたことに対し、彼女も多少なりとも罪悪感を抱いていたのだろう。

もっとも、そうやって見られる度に、友翔としては心をむしばまれる思いだったが。春休みにショッピングモールへ行った時も、波奈の表情がその時の彼女と重なって見えたせいで、色々困ったことになった。

それに、あの一件から内部進学生に対する苦手意識が加速し、文天部でも祥平たちとの間に線を引いてしまうことになった。まさに踏んだり蹴ったりだ。

ただ、あの事件をトラウマにしてしまったのは、自分の心の弱さにも少なからず原因がある。こんな豆腐メンタルでプロの絵本作家を目指そうとしていたのだから、本当に笑ってしまう。

「たったそれだけのことで絵本を作れなくなるなんてさ、情けないことこの上ないだろう。笑ってくれていいよ」

そう言って、友翔は自ら力なく笑う。

ただ、それに対する七海の反応は、予想していたのとはまったく異なるものだった。

「……彼女たち、何組の子ですか？」

「え……？　今は隣のクラスだけど……」

「わかりました。行ってきます」

七海は笑うどころか静かにそう言って、地学室を出ていく。

予想外の行動にポカンとしていた友翔だったが、ハッと意識を取り戻し、「おい、七海！」と慌てて後を追う。

「七海、どこに行くつもりだよ」

「私、今怒っています。一言物申さないと気が済みません」

オロオロする友翔に、七海は毅然《きぜん》と言い放ちながら歩みを進める。その歩みがあまりに堂々としすぎていて、友翔も止めることができない。

そうこうしている内に、ふたりは自分たちのクラスを通りすぎ、隣のクラスに到着した。

「ここですね」

そう言って、七海は教室の中を覗き込む。

友翔も七海の後ろから教室の中を覗くと――いた。

おそらく、帰ることなくだべっていたのだろう。教室の後ろで、あの女子グループが談笑している。その輪の端っこには……彼女もいる。

「――ッ！」

彼女の顔を見ると同時に、友翔の体は拒絶反応を起こしたように硬直し、その場から動けなくなる。頭の中に、彼女から投げかけられた言葉が蘇る。

そんな友翔を残して、七海はひとりでまっすぐ迷いなく彼女たちの方へと向かっていく。

話を聞いただけなのに、なぜ七海はすぐに彼女たちが例の女子グループだとわかったのだろうか。

友翔の頭の中で、違和感が首をもたげる。

ただ、体が動かないことと、七海の突飛な行動に意識が持っていかれ、それ以上考えることができない。

その間に、七海は彼女たちの前に到達した。

女子グループの面々は会話をやめ、きょとんとした表情で七海を見つめる。そりゃあそうだろう。隣のクラスに来た海外からの転入生。これまで接点もないのに、その当人がいきなり自分たちの前に現れたのだ。自分が女子グループ側の立場だったら、同じく混乱する。

「突然申し訳ありません。あなたたちに物申したいことがあって参りました」

「は？　物申したいこと？　え？」

おそらく、グループのリーダー格だろう。あの時、友翔たちへ最初に嘲笑を向けた女子が戸惑った様子で首を傾げ、他の女子たちも続く。

「沖田君の絵はとても素晴らしいですし、沖田君自身も素敵な人です。きちんと沖田君の絵を見てもらえれば、きっとわかるはずです。まず何が素晴らしいかといえば――」

一方、七海は女子たちの戸惑いなど意に介さず、いきなり熱弁をふるい出す。友翔の絵がいかに素晴らしいか、マシンガンのように語り続ける。

すっかり忘れていたが、そういえば七海はこういう子だった。

というか、七海はいつの間にこんな語れるくらい友翔の絵を見たのだろうか。真由が見せた写真の一枚だけかと思ったが、もしかして母か祖母あたりが部屋に残してある過去作をこっそり見せていた？

いや、今はそんなことどうでもいい。それよりも、なんかめっちゃ恥ずかしくなってきた！

今すぐ教室に飛び込んで七海を止めたいが、それはそれでなんか言わせていた感が出そうで動くに動けない。

――なんて友翔が教室の外で悶々《もんもん》としていると、語り切って満足したのか、七海がフゥと息を吐いた。

「どうでしょうか。沖田君が描く絵の素晴らしさ、わかっていただけましたか？」

「え？　あ……はい。てか、沖田君？」

「えっと、誰……だっけ？」

よくわからない演説を受けた女子グループの面々は、狐《きつね》につままれたような表情で互いに顔を見合わせている。

彼女らにしてみれば、友翔なんて記憶に留《とど》める価値もない相手だったのだろう。本気で誰だかわからないといった感じだ。

ただ、その中で……友翔と一緒に絵本を作っていた女子だけは、辛そうに俯いていた。

七海は、その女子に目を向ける。

「私はあなたを許しません。あなたの言葉が、沖田君を深く傷つけました」

「――ッ！」

七海の言葉に、彼女は顔を青ざめさせながらビクッと肩を震わせる。あの時のように……。

そんな彼女に向かって、七海はフッと微笑む。

「なので、きちんと後悔しながら待っていてください。あなたがどれほど惜しいことをしたのかを、いつか必ず彼が自分の力で証明してくれるはずですから。その時は――素直に称《たた》えてあげてくださいね」

それだけ言い残すと、七海はいまだ混乱している女子グループを残し、さっさと教室を後にする。

そんな七海の後ろ姿を、彼女が目を丸くして見送っているのを友翔だけが見ていた。

「さて、戻りましょうか」

「ああ……」

七海に促され、友翔も彼女を追って教室の前を離れる。

そのままふたりで並んで歩き、渡り廊下まで来たところで――友翔は足を止めた。

気付いた七海も足を止め、「どうかしましたか？」と友翔の方に振り返る。

「七海、なんであんなことを……」

「さっきも言いましたよ。私、怒っているんです。だから、思ったことをその通り言ってあげました。おかげですっきりしました」

友翔からの問いかけに、七海は得意げな顔で胸を張りながら答えた。

その姿があまりに頼もしく、そして何よりかわいらしくて……。友翔は思わず噴き出し、そのまま笑ってしまった。

「ありがとう。なんか俺もすっきりした」

言葉通りすっきりした顔で、友翔がお礼を言う。

すると七海も「私はやりたいようにやっただけですよ」と言いながらうれしそうに笑った。

そんな七海を見つめ、友翔は覚悟を決めるようにスッと深く息を吸い込む。

「あのさ、七海」

「はい」

「断った立場で言えることじゃないけど、絵本の話、やっぱり受けさせてほしい。俺も、七海と一緒に絵本を作ってみたい」

二度にわたって断った絵本作り。それを、自分の意思でやりたいと申し出る。

すると、七海は驚きに目を丸め、友翔を見つめた。

「本当にいいんですか？　無理していませんか？」

「正直に言うとさ、トラウマが完全に消えたわけじゃないよ。今も頭にこびりついて離れない」

心配そうに訊いてくる七海へ、友翔は素直な心境を明かす。そして、その上ではっきりと言う。

「でも、七海が言ってたじゃん。どれほど惜しいことをしたのか、俺自身が証明するって」

「あれは、その、つい勢いで出てしまったというか……。別に沖田君に強要しようと思って言ったわけじゃありませんよ？」

「わかってるよ。でも、その通りだと思った。俺自身が証明しなきゃ」

そう、友翔だってわかっていたのだ。この状況を変えるのは自分次第。自分の手で、自分はできるってことを証明しなければいけないと。

「第一、七海にここまでしてもらって逃げ続けてたら、さすがにダサすぎるだろ。それに——」

「それに？」

「俺が心から思ったから。七海と一緒に絵本を作りたいって。一緒に作らせてほしいって」

今ならはっきり言える。これが自分の本心だと。

「どうかな。俺にもう一度、チャンスをくれないか？」

「チャンスだなんて、そんな。もちろん喜んで！」

友翔からの申し出を、七海は笑みを零しながら、うれしそうに受け入れてくれた。

「創作を行う者としては未熟な身ですが、どうかよろしくお願いいたします」

「未熟なのはお互い様だよ。俺の絵だって、実力的にはまだまだだし。けどさ、未熟でもなんでも、俺たちにしかできない絵本を作ってやろう！」

「はい！」

　そう言って、ふたりはしっかりと握手を交わす。

　同時に、友翔はふと思った。もしかして自分は、夢の中で七海と意識を共有していたのではないかと。

　一学期初日と数日前に見た、ふたつの夢。あれらの夢に出てきた少女と七海の状況が、あまりにも一致しすぎている。偶然にしては出来すぎだ。

　ただ、そうなると七海は自分との関係を何よりも大切に思ってくれているということになるわけで……。なんか急に頬が熱くなってくる。

　いや、でもさすがに考えすぎか。そもそも夢の話なのだし、あの少女が現実にいると考えるのがどうかしている。

　恥ずかしい想像をしてしまった友翔は、「そろそろ帰ろうか」と話を逸らすことで、頬の熱を打ち払った。

3

文天部の出し物を決める会議当日。

「――そんじゃあ、出し物案はこの三つってことでいいか？」

出てきたアイデアを板書していた祥平が、チョークで黒板をコツコツと叩く。

そこには、『手作りプラネタリウム』『天文系トピックスのポスター展示』『手作り絵本』の三つが書き出されている。プラネタリウムが祥平と真由と隆一、ポスターが百花、絵本が七海と友翔のアイデアだ。

「さて、ここからどうするかな。案を絞るか、この間話していた通り全部やるか」

「全部やっちゃうでいいんじゃないですか？　夏休みがありますし、準備する時間はたくさんありますよ」

ここからの進め方を模索する祥平へ、真由があっけらかんと言い放つ。これが決め手となり、文天部の文化祭における出し物はこの三つに決定した。

「それじゃあ、次は各自の役割分担についてだな。まず、プラネタリウムは大掛かりな準備が必要になるから、全員参加でいいか？」

祥平からの確認に、全員が「異議なし」と応じる。

「サンキュー。で、残りのふたつ。ポスターと絵本だが……どう分ける？」

祥平が、主に七海と友翔に向かって訊いてくる。絵本はポスターよりも特殊な技術を使う企画だから、提案者であるふたりの判断を聞きたいといったところだろうか。

これに対する友翔と七海の返事は決まっている。

「絵本の方は、私たちふたりで問題ありません」

「了解。そんじゃあ、絵本が七海と友翔、ポスターが残りの四人ってことでいくか」

七海の返事に頷きつつ、祥平が黒板に割り振りを書いていく。

他の部員から異論が出ることもなく、文天部の文化祭企画会議はこうしてつつがなく開始二十分で終了した。

企画が決まれば、あとは実行委員会への申請書を作るのみ。ここは部長と副部長の仕事だ。一年生と七海には解散を言い渡し、祥平とふたり居残って、書類を仕上げる。

「よっし！　まあ、こんなところだろう。んじゃ、書類は俺が出しとくから、お前も先に帰っていいぞ」

「サンキュー。そんじゃ、お先」

祥平にお礼を言いつつ、スクールバッグを手に立ち上がる。

そのまま地学室を後にしようとすると、友翔の背中に祥平の声が飛んできた。

「俺たち文天部にとって、初めての大きな企画だ。頑張ろうな、副部長！」

「当たり前だ。やるからには、部活展示の最優秀賞目指すつもりでいく」

祥平の言葉に、友翔はサラッとさも当然のように答える。

するとと、祥平が珍しくポカンとした顔になった。

「どうかしたか？」

「いや、思ったよりもノリがよくて驚いた」

聞きようによっては大変失礼な物言いに、友翔は肩をすくめながら「そうかよ」と応じる。

今までの友翔を思えば、このように言われても仕方ないだろう。

けれど、友翔だって一度は絵本作家を目指した身だ。トラウマから苦い挫折を味わったが、やると決めた以上は絵本作りで妥協する気はない。最高の作品を目指すのが、絵本に対しての礼儀だ。その延長線として最優秀賞を目指すのも当然だろう。

それに、この絵本作りには七海の夢も乗っかっているのだから、なおさら負けるわけにはいかない。

そんな友翔の真意が伝わったのかはわからないが——。

「最優秀賞か。いいじゃん。そういう熱さ、俺は好きだぜ」

と、祥平は最高の笑顔で頷いてくれた。

そして、ついにやってきた夏休み。グラウンドからは運動部の気合が入ったかけ声が響く中、文天部一同はいつもと同じく地学室に集まっていた。

「よーし、全員集まったな。そんじゃあ、プラネタリウム作り始めるぞ」

「「おーっ！」」

祥平の宣言に対し、真由と七海が弾んだ声を上げる。

この暑い中、ふたりとも恐ろしく元気だ。ちなみに友翔を含む残りの三人は、さすがについていけなくて苦笑である。

「作業の振り分けは、男子がドームで、女子が投影装置。今日は猛暑日になるらしいから、みんな水分補給はこまめにするように。それじゃあ、作業開始！」

祥平がパンッ！と手を叩き、それを合図に友翔たちもそれぞれ動き始める。

文天部で作るプラネタリウムは、大きなドームを自作し、その中で投影装置を使って星を映し出すというものだ。ドームの直径は四メートル。十人くらいが一度に入れるサイズである。投影装置も天文部時代からの伝統に則り、市販のアクリル球に星図を書き込み、穴を開けて自作する。

「んじゃ、男子チーム始めるか。頼むぞ、お前ら」

「ああ」

「うす」

女子チームと別れて教室の後方に陣取り、祥平が友翔と隆一に声をかける。

男子チームが今日行うのは、ドームのパーツ作りだ。材料は、空気で膨らませることなく自立させることができる段ボール。ここが部費の使いどころとばかりに、ホームセンターで様々な大きさのものを買ってきた。

それなりの重さとなるドーム全体を支えるため、段ボールは厚みがあって丈夫なものを使う必要がある。よって、当然ながら切り出すための労力も大きくなってしまうため、友翔たち男子チームの割り当てとなった。

「友翔、段ボールの目の向きに気を付けろよ」

「わかってるって」

祥平に応えつつ、友翔は型紙と鉛筆で段ボールに型取りをしていく。

ちなみに、祥平と隆一は天文部として去年もプラネタリウムを作っている。友翔は、ふたりに指導してもらいながら作業する形だ。

型が取れたら、いよいよカッターで切り出していく。綺麗なドームを作るために、パーツの切り出しは正確かつ断面を綺麗に行わなければならない。段ボールが分厚く頑丈な中、きっちりと切り出すのは、想像以上に体力と集中力を使う。

「ヤバいな、これ。腕がパンパンになる」

「あんま無理すんなよ」

だが、同じ作業をしているはずの祥平と隆一は涼しい顔だ。分厚い段ボールを難なく切り裂いていく。

ここら辺は、経験値に加えて身体能力の差が如実に出たということだろう。

宇宙飛行士を目指しているだけあって、祥平の身体能力は運動部にまったく引けを取らない。段ボールを切るくらい、わけがない。

隆一も隆一で、見た目は眼鏡のがり勉タイプだが、真由情報によれば体育の成績は十段階評価で満点の十らしい。よって、こちらも見た目に反した体力お化けだ。

段ボール数枚で息が上がっているもやしっ子の友翔と比べたら、文字通り月とスッポンである。

「……俺、自分に自信がなくなってきたかもしれない」

「ん？　すまん、よく聞こえなかった。何か言ったか？」

聞き返してくる祥平に「なんでもない」と答えつつ、友翔は切り出し作業を続行する。

その時、部屋の一角から女子たちの楽しそうな笑い声が聞こえてきた。

カッターを走らせていた手を止めて友翔が顔を上げると、七海たちが投影装置のパーツを手に談笑していた。どうやら真由がアクリル球へ星図を写す方法をレクチャーしているらしい。七海と百花がその手際のよさを褒めているように見える。

すると、友翔が見ていることに、七海が気付いた。七海が笑顔で手を振ってくるので、友翔も振り返しておく。

ちなみに真由は『やれやれ、このバカップルが……』と言いたげな顔でニヤニヤ笑っており、百花は顔を赤くしながらこちらにペコペコ頭を下げていた。真由の額にデコピンを打ち込みたくなった。

「——時に友翔よ」

「あん？　なんだよ」

作業に戻ったら、今度は後ろでカッターを動かしていた祥平が話しかけてきた。友翔も再び段ボールにカッターを走らせつつ応じる。

「お前さ、七海が来てから随分と変わったよな」

「そうか？」

「ああ。俺たちに対する壁がなくなった」

なんの気なしに言われた祥平の言葉に、友翔は思わず喜びを感じてしまう。七海たちを見習って立てた自分の行動指針が、きちんと周りに伝わるだけの成果を出せていたとわかったから。

ただ、これは友翔自身の努力ももちろんだが、七海の存在も大きいだろう。彼女が友翔と他のメンバーの潤滑油的な存在になってくれたから、友翔もスムーズに距離感を変えることができた気がする。

本当に、七海には感謝だ。

「で、話は変わるが……お前、七海と付き合っているのか？」

危うく段ボールと一緒に自分の指を切り落としそうになった。

「ちょっと待て！　どうしていきなりそうなる！」

「いや、なんとなく。一緒に出し物案を出してきたりして随分仲良さそうだし、そうなのかなと思っただけ。俺的には、結構お似合いだと思うしな」

他意はないという様子で、祥平が言う。

祥平のことだから、本当にただ疑問に思ったことを単刀直入に訊いてきただけなのだろう。こいつは、そういう男だ。

故に友翔も、素直に事実を答えた。

「付き合ってはいない」

「そうか。じゃあ、片思いか？」

「……正直、わからん」

間髪入れずに重ねられた祥平の質問に、今度は少し悩みながら答える。

その答えはなんとも煮え切らないものとなったが、これが友翔の本音なのだ。七海と一緒にいるのは楽しいし、七海のことは好きだ。けれど、これが恋による好きなのか、友翔にはまだ判断できなかった。

もしかすると、ここでも一年前のトラウマが、気付かぬ内に歯止めをかけているのかもしれない。人を好きになることに憶病になっている的な感じで。

「そうか」

そんな友翔の心内を察しているのかはわからないが、祥平はそれ以上追及してこなかった。

4

プラネタリウム製作が始まった翌日。

友翔と七海の姿は、ポックルの一角にあった。文化祭の企画に決まった絵本作りを始めるのだ。

どうしてわざわざポックルで絵本作りをしているのかというと、七海が強く希望したからだ。ポックルにはたくさんの絵本がある。言うなれば教材の宝庫。絵本作りをするのに、これ以上の環境はない。そんな七海の意見を受け、友翔が家族みんなに頼み込んで、奥のテーブル席ひとつを貸し切りにしてもらった。

家族は『七海のためなら』と、喜んでこれを了承してくれた。なお、『友翔のためなら』という言葉は、終《つい》ぞ出なかった。愉快な家族である。

「じゃあ、絵本のページ割とか、決めていこうか」

「はい！　よろしくお願いします！」

友翔が口火を切ると、七海は待ってましたと言わんばかりの弾んだ声で頷いた。今日のことを相当楽しみにしていたらしい。

ちなみに絵本にする物語は、七海が作った妖精の姉弟の冒険譚だ。仲良し姉弟が手に手を取り合って、大好きなお母さんのために花の蜜を取りに行く物語。彼女曰く、一番の自信作とのことだった。

友翔も読ませてもらったが、『ポックルの冒険』へのリスペクトが感じられる、とても心躍る物語だった。書きたいという熱量に対して技量が追いついていない部分もあるが、七海が自信作と呼ぶのも納得である。

「ストーリーはもうでき上がっているから、文章をページに割り振りながら、どんな絵をつけていくか考えよう。七海、ここの部分は絶対に絵にしてほしいってところはある？」

「はい！　全部です！」

友翔の問いかけに、七海は満面の笑みで答えた。太陽のように明るく、花のようにかわいらしい笑顔だった。

そして友翔は笑顔のまま固まって、冷や汗を流した。

「……ごめん、七海。マンガじゃないからストーリー全部に絵はつけられないかな」

「あ！　ええと、そうですよね。ごめんなさい、なんだかテンションが上がってしまって」

友翔の指摘を受け、七海は恥ずかしそうに頬を赤くしながら小さくなる。

今の言動からもわかる通り、七海は相当舞い上がっているようだ。七海にとって、絵本を作るというのはそれだけ大きな夢なのだろう。

「さっきも言った通り、まずはストーリーを分割して、ページごとに配置していこう。それで、ページごとにどんな絵にするか考えよう」

「そうですね。どれくらいのページに分けましょうか？」

「うーん、そうだな……。夏休み中に仕上げることを考えると、表紙以外の絵は十枚くらいにしておきたいかな。見開きで片方のページが文、もう片方が絵って感じで組むのはどう？」

今回の絵本は、綴《と》じ具が開くタイプのスケッチブックと厚手の画用紙で作る。これならスケッチブックから画用紙を取り外してふたり同時に作業ができるし、万が一失敗しても画用紙を差し替えできる。もちろん、表紙を描くための厚紙も買ってある。

友翔の返答は、その特性を最大限活《い》かせる形を考えた上でのものだ。

あまりページ数を少なくしたら、文字だけでページのスペースが埋まってしまう。

しかし夏休みの間で、絵本作りに使える時間は限られている。プラネタリウムの作業もあるし、二学期に向けての勉強やポックルのバイトだってしないといけない。あまりたくさんのページに分割してしまっては、絵を仕上げ切ることはできないだろう。

表紙含めて合計十一枚の絵というのは、友翔が自分の能力で処理できると判断した、限界ギリギリの枚数だった。

すると、そんな友翔の計算を察したのだろう。七海が気遣わしげな表情で口を開いた。

「表紙に加えて十枚……。沖田君、そんなにたくさんの絵を描いていただいても大丈夫ですか？」

「正直、ものすごくギリギリだとは思ってるよ。でも、今回の絵本は、できる限り妥協したくない。なんとか頑張ってみるよ」

七海を安心させるように、友翔は力強く言い切る。まあ、半分強がりだが……。

けれど、強がっただけの効果はあったようだ。

「ありがとうございます。そんな風に言っていただけて、すごくうれしいです」

そう言って、七海はまた笑ってくれた。

「私にできることがあったら、なんでも言ってくださいね。絵を描くこと以外なら、なんでもお手伝いしますので」

「わかった。頼りにしてるよ、七海」

「はい！」

友翔の言葉に、七海が勢いよく頷く。

方針が決まれば、あとは動くだけだ。ふたりで原稿用紙のコピーを片手に、「ここを絵にしたいです」「じゃあ、ここで切って……」とページ割を決めていく。

先ほどは舞い上がって『全部です！』と言っていた七海であるが、きちんとどんな絵が欲しいかは考えてきていたらしい。おかげで、大筋はその案に沿ってページ割を決めていくことができた。

そして、ページ割を考え始めて、数時間――。

「――これでよしっと！　それじゃあ、ページ割はこれで決定！」

「はい！　お疲れ様です、沖田君」

十見開きのページ割が無事に終わり、ふたりはひとまずホッと一息ついた。

しかし、あまりのんびりと休んでもいられない。最初に言っていた通り、表紙と合わせて十一枚描くのは、友翔のキャパシティ的にギリギリだから。

「じゃあ、俺はとりあえずキャラクターの原案を作るよ。七海も、まずは文の書き込み、よろしく頼むよ」

「はい！　私、頑張ります！」

スケッチブックを差し出しながら友翔が言うと、七海も笑顔で頷く。やる気満々といった感じだ。

その笑顔に活力をもらい、友翔も力強く頷いた。


それからは、夏休みとは思えないほど慌ただしい毎日だ。

ポックルでのバイト、夏休みの宿題、学校でプラネタリウムの制作、そして絵本作り……。下手をすれば、普段授業がある時よりも忙しいかもしれない。

「七海、ここのページのイラストのことで、ちょっと訊きたいんだけど」

「すみません、沖田君。私も、ここの色付けでご相談したいことが……」

そして、今日も今日とてポックルの一角を陣取り、友翔と七海は絵本作りに励んでいた。友翔は下絵、七海は友翔が描き終わった下絵への色付けだ。

作業を開始してからわかったことだが、七海は絵を〝描く〟のが苦手なだけであり、色を塗るといった作業は問題なくこなせる。それどころか元々の生真面目さも相まって、友翔の指定通りにとても丁寧な彩色を行ってくれた。

おかげで友翔は、下絵を描くことに集中できる。当初は背景を省いて時短することも検討していたが、その必要もなくなった。まさにうれしい誤算だ。

ただ、友翔の誤算はもうひとつ――。

「あー、ゆうとななみ、またおえかきしてる」

「みせて、みせてー」

ポックルにやってきた子どもたちが絵本作りに興味津々で、いつもテーブルを覗き込んでくるのだ。おかげで、ふたりきりで作業している時間というのは、ほとんどない。

今も祖父のマンションに住んでいる常連客のところの双子が、店に来ると同時に友翔たちのテーブルへと駆けてきた。

「みなさん、いらっしゃい。沖田君の邪魔にならないよう、静かに見ていてくださいね」

「「はーい」」

子ども好きの七海は色鉛筆を置いて、やってきた子どもたちを笑顔で迎え入れる。

前に聞いたことがあるのだが、子どもたちと接していると小さい頃の波奈を思い出して、ほっこりしてしまうらしい。

それはさておき、実のところ友翔は、こうやって子どもたちに絵を描いているところを見られるのが、少し苦手だったりする。

なぜかというと――。

「ゆうとのえ、じょうず！」

「ねえねえ、どうやったらそんなじょうずにおえかきできるの？」

「あ〜、そうだな……。たくさん練習するとか？」

なんかいつも目をキラキラさせた子どもたちに褒められるから。

学校でもこれまでに絵を褒められたことはあったが、子どもたちから褒められるのは、質が違うのだ。なんというか、よくも悪くも直球。おべっかや嫉妬もなく、純粋に思ったままを伝えてくる。

おかげで、こそばゆいったらありゃしない。

まあ、逆に絵の質が落ちれば、こちらも直球で『へたー！』と容赦《ようしゃ》ない言葉が降ってくるのだろうけど。

「ねえななみ、ぼくらもおえかきしたーい」

「いいですよ。じゃあ、みんなでお絵かきしましょう」

「ななみもかくの？」

「ななみのえ、へたっぴじゃん」

「ねー」

「うぅ……、へたっぴでごめんなさい……」

そう、まさにこんな感じで。

子どもたちからのいっそ清々《すがすが》しいほど切れ味鋭い酷評をもらい、七海がしょんぼりしている。

「あ〜、七海。その、あんまり落ち込むなよ」

「いえ、この子たちの言う通りです。私の努力が足りないから……」

「大丈夫だって。七海は確かに絵を描くのがど下手くそかもしれないけど、ストーリーを作る力はあるし、色を塗るのもうまいんだから。自信を持とう！」

「うぅ……。沖田君が一番ひどいです……」

「……あれ？」

慰めるつもりが、なぜかより一層落ち込ませてしまった。「ちょっと休憩してきます」と席を立った七海を、オロオロしながら見送る。

「沖田さん、ナチュラルに心を抉ること言いますね」

すると、不意に後ろから波奈の声が聞こえてきた。

すっかり頭から抜けていたが、今日も波奈は七海と一緒にポックルへ来ていたのだ。

「俺、そんなにひどいこと言っちゃった？」

「ええ、まあ。けど、大丈夫ですよ。あれくらいで今の姉は落ち込んだりしません」

「ええと……どういうこと？」

「絵本を作り始めてからの姉は、これまで見たことないくらい楽しそうなんです。家でもいつもニコニコしていて幸せそうで……。非常に腹立たしいことですが、あんな顔を見せられたら、わたしももう認めるしかないってくらいに。だから、大丈夫なんです」

言葉とは裏腹に降参とでも言いたげな笑みを浮かべ、波奈がため息をつく。

これは……波奈が認めてくれたということでいいのだろうか。絵本作りのパートナーとして、友翔が七海の隣に立つことを。

「――というわけで、沖田さんがその気なら、本当のお義兄《にい》ちゃんになってもらっても構わないですよ」

「はぁっ⁉」

さらりと放たれた爆弾発言に、友翔は思わず椅子から転げ落ちそうになった。

いきなり何を言い出すのだ、この子。それはつまり、自分が七海と……。

思わずその場面を想像してしまい、顔が熱を放つ。火でも噴き出そうだ。

すると、隣からクスクス笑う声が聞こえてきた。見れば、波奈がお腹《なか》を抱えて体を震わせている。

どうやら、からかわれたらしい。

友翔は火照《ほて》った顔を冷ましながら、大きく息を吐いた。

「波奈、あんまりからかわないでよ。心臓に悪い」

「すみません。つい、いじわるしてみたくなって」

勘弁してくれと音を上げる友翔に、波奈は七海を彷彿《ほうふつ》させるかわいらしい笑顔で謝ってくる。控えめに言って、この笑顔は反則だと思う。怒るに怒れない。

まあ、友翔としてもからかってもらえる間柄になれたのはうれしいことだ。ただ、できればもうちょっとマイルドな冗談にしてほしい。

「でも、わたしは割と本気ですよ。どこかの馬の骨に取られるくらいなら、わたしは沖田さんがいいです」

「……え？」

友翔は真意を問うように波奈へ聞き返す。

しかし、波奈はそれに答えることはなく、鼻歌を歌いながら店から出ていった。

光陰矢の如《ごと》し、ということわざがある。歳月は飛ぶ矢のごとくあっという間にすぎてゆくことの喩《たと》えだが、この夏休み、友翔はこの言葉の表すところを身をもって経験した。

夏休みに入ってからというもの、一日一日すぎていくのが、本当に早い。

気が付けば七月はあっという間に終わり、八月もお盆が明けていた。

夏休み開始から、早くも一か月だ。

この一か月、勉強やバイトをしていたか、プラネタリウムを作っていたか、絵本を作っていた記憶しかない。

夏休みに入ってから出かけたところといえば、単身赴任から一時帰宅した父共々、家族全員で墓参りに行ったくらいか。もっとも、これも市内の話だが。

友翔の祖父母は、母方も父方も市内に住んでいるので、そもそも帰省という概念がない。加えて家族全員ものぐさなので、旅行やレジャーという考えもない。ものの見事に、お出かけという選択肢がないのだ。

そのおかげもあって、なんの障害もなく絵本作りに十分な時間をつぎ込めた。

それに絵本作りの傍らで、七海とストーリー作りについてたくさん意見を交わすこともできた。これはもはや絵本の作り手としてボーナスタイム、いや、ご褒美と言っていいだろう。七海はストーリー作りで行き詰まった時、想像しやすい身近な人の考え方をトレースしてみるそうだが、なかなかおもしろいやり方だと思った。それに、今作っている絵本の続編を作るならどんなストーリーにするか、ふたりでポックルの閉店まで語り合うのも楽しかった。

ちなみに七海たちも母親が研究で忙しいことを理由に、この夏休みはずっと自宅にとどまっていた。これも、友翔にとってはラッキーだった。七海に意見を聞きながら、絵の質を今の自分にできる限界まで高めることができたから。

そんな充実した日々の中、絵本の製作は友翔が思っていたよりも順調に進み――。

「よし！　最後の絵、完成」

「間に合いました!!」

八月も下旬に入った頃、無事に最後の絵を描き切るに至った。

「思ったよりもかなり早く仕上がったな。やっぱり、七海が色塗りを頑張ってくれたのが大きかった」

「そんなことありません。私は沖田君の指示通りに動いていただけですから。すごいのは沖田君です」

高揚感と達成感の中、完成した絵をスケッチブックに綴じながら出てくるのは、謙遜と相手を褒め称える言葉だ。

絵本作りの功労を互いに「いえいえ、そんな」と譲り合う。

そして、ふたり揃って相手を立てる状況がおかしくなり、笑い合う。

「じゃあ、これはふたりの成果ってことで」

「ですね。私たちのどちらが欠けていても、この絵本は完成しなかった。ふたりともすごいです！」

自分で言っていて照れますが……と、七海が顔を赤くする。

照れくさそうにする七海はとてもかわいらしく、思わず友翔の頬まで赤くなった。

と、そこにヌッと人影が……。

「ほう、完成したのか」

顔を出しながら声をかけてきたのは、祖父だ。どうやら店番のために来たらしい。

「ああ、じいちゃん。お疲れ様」

「お疲れ様です」

「ああ、お疲れ様」

友翔と七海があいさつすると、祖父は目を細めながら応じた。

「夏休み中に完成させると意気込んでいたが、随分と余裕を持って完成させたな」

「時間があればずっと引きこもって、こればっかやってたからね。思った以上に捗《はかど》ったよ」

「いい若いもんのセリフじゃないな。――いや、熱意をたぎらせてひとつのものに打ち込むのもまた若者の特権か」

「それ言ったら、今も絵本の新作に熱意を傾けているじいちゃんはどうなるのさ」

友翔が呆れ口調でツッコミを入れると、祖父は愉快そうに笑いながら「確かにな」と頷いた。

「じいちゃんにも感謝してるよ。ここで絵本作りをさせてもらえて、本当に助かった。ありがとう」

「あ、ありがとうございました！」

友翔がお礼を言うと、七海も慌てた様子でそれに続いた。ペコペコと何度も頭を下げるから、ポニーテールにした髪が文字通り馬のしっぽのようにはねる。

「それは別に気にしなくていい。むしろ、礼を言うのはこちらだ。お前たちが子どもの面倒を見てくれて助かると、常連さんたちからもありがたがられていたからな」

そう言って、祖父が微笑みかけてくる。

どうやら自分たちの絵本作りは、思わぬ副次効果を生み出していたらしい。

まあ、そちらに関しては完全に七海のおかげだ。友翔は満足に子どもたちの相手をできていなかったから。七海には保育士の才能もあると言えるだろう。

「では、私は仕事に戻るよ。急に声をかけて、すまなかったな」

「あ……あの！」

立ち去ろうとした祖父を、七海が呼び止めた。

見れば、七海は挑むような面持ちで祖父に目を向けている。〝あまざと しょう〟のことを敬愛している七海が祖父にそんな視線を送っていることに、友翔は驚きを隠せなかった。

友翔が目を丸くしたまま七海を見つめている中で、祖父が振り返る。

「どうかしたかな、七海」

「もしよろしければ、この絵本を読んでみていただけないでしょうか。あまざと先生のご意見をお聞きしたいです」

テーブルの上の絵本を手に取った七海が、それを祖父に向かって差し出す。

「それは構わんが……。私が最初の読者になってしまってもいいのかな？」

七海に向かってそう言いながら、祖父は友翔の方にも視線を送ってきた。

お前はいいのか？

そう問いかけているような視線を。

そんな祖父の視線に気が付いたのだろう。七海はハッとした様子で、友翔の方に振り返る。

「私の独断で勝手なことを言ってしまってすみません。沖田君は、どう思われますか？」

「俺は構わないよ。じいちゃんがどう評価するか、俺も気になるし」

七海に返答しつつ、最後の言葉は祖父に向けて送る。

一流の絵本作家である祖父が、今の自分たちの全力をどう評価するか。友翔も気になるところだ。

それと同時に、友翔は七海に尊敬の念を抱いていた。

友翔では、祖父に『作った絵本を読んでほしい』とは言えないから。

事実、トラウマで描けなくなる前もいくつか絵本を作っていたが、祖父に見てもらうことだけはしたことがなかった。理由は、プロの目を通すことで、自分の実力が大したことないものと証明されてしまうのが怖かったからだ。

だが、七海は友翔が恐れたことを、まったく恐れていなかった。七海を前にすると、評価されることを怖がっていた自分が恥ずかしく思えてくる。

「では、その大役、謹《つつし》んで引き受けさせていただこう」

友翔の同意を受け、祖父は七海から絵本を受け取り、そばにあった椅子に腰をかける。そして、シャツの胸ポケットから取り出した老眼鏡をかけ、絵本を開いた。

祖父の手で絵本のページがめくられ、祖父の目が文字を追って左右に動く。

絵本に向ける視線は真剣そのものだ。プロの絵本作家として、素人の作品と侮ることなく、自分たちが作った絵本を評価してくれている。

それが、はっきりとわかった。

永劫《えいごう》にも思える時間の中、祖父の手が最後のページをめくる。友翔たちの絵本を読み終わった祖父は老眼鏡を外して息を吐いた。

「……どうでしょうか？」

「ふむ、そうだな」

スケッチブックをテーブルに置き、祖父が友翔と七海を交互に見つめる。

友翔はゴクリと喉を鳴らしながら、祖父からの言葉を待った。

「はっきり言ってしまえば、ストーリーも絵も粗削りだ。例えばこれが商用作品として通用するかと問われれば、『このままでは難しい』と答えるだろうな」

そして祖父から下された評価は……お世辞にもよいと言えるものではなかった。

ある程度覚悟はしていたが、いざ言われてしまうとやはり落ち込んでしまう。

「ただ、まるでダメというわけではない。時に七海、このストーリーは何歳くらいの子どもたちを意識して作った？」

「一応、四歳から六歳くらいの子どもたちを想定して作ってみました」

「なるほど。ならば、ストーリーはきちんと想定した子どもの目線に合わせられている。この点は本当に素晴らしい。セリフ回しや場面の緩急にもう少し工夫が必要だが、そういった技術はこれから身につけていけばいい」

おずおずと答えた七海に微笑みながら、祖父はよい点と改善できる点を指摘していく。

子どもたちと目線を合わせられる力。

祖父が評価した七海の技術に、友翔は思い当たる点があった。

おそらくこれは、彼女が波奈の面倒を見る中で自然と身につけた能力なのだろう。

七海は店に来る子どもたちと交流する際、いつも小さい頃の波奈を思い出すと言って

いたから。さらに、七海は物語を作る上で、時に身近な人の考え方をトレースすると
も言っていた。この手法も、子どもたちに目線を合わせる上でプラスに働いたに違い
ない。

七海がこれまで波奈とともに歩んできた軌跡が、彼女に得がたいギフトをもたらし
たのだ。

友翔がそんなことを考えていると、祖父の視線がこちらに向いた。

「次に絵だが……まず基本的な技術は備わっている。それに、子どもたちにわかりや
すいようキャラクターのデザインをシンプルにする工夫が見られた。この点は評価で
きる」

「うん。ありがとう」

「改善が必要な点として、一番は構図が似たり寄ったりになっていて単調なところか。
背景はまだマシだが、キャラクターの表情や動きにもっとバリエーションを持たせる
べきだろう」

祖父が指摘してくれた改善点に、友翔は静かに頷く。

ほんの少し前まで評価されることを怖がっていたのに、今は祖父からの講評を素直
に受け止めることができた。それどころか、祖父が教えてくれたことを早く実践して
みたいとさえ思えている。

きっとそれは、七海が隣にいてくれたからだろう。彼女の創作に対する姿勢に感化されて、自分も今この瞬間に成長できた。そう思う。

「私の見解としては、こんなところか。少しは参考になったかね」

「はい、とても参考になりました。ありがとうございます」

「俺も、勉強になった。ありがとう、じいちゃん」

祖父に向かって、七海と一緒に頭を下げる。

「そうか。役に立てたのなら、何よりだ。ではな」

祖父は友翔たちに応えると、カウンターの方へと歩いていく。

と、その時だ。

「そうそう。ひとつだけ言い忘れていた」

立ち去りかけた祖父が思い出したように振り向いた。

どうしたのだろうかと、七海と一緒に祖父の言葉を待つ。

「その絵本、お前たちの熱意が乗ったよい絵本だった。ふたりとも、最後までよく頑張ったな」

「――ッ！」

祖父からかけられた言葉に胸が詰まる思いを抱きながら、七海の方を見る。

すると、同じタイミングで七海がこちらを向いた。

目が合った瞬間わかった。七海も自分と同じ気持ち――喜びが今にも爆発しそうになっていると。

「七海！」

「沖田君！」

ふたりとも言葉にするのももどかしく、名前を呼び合いながらハイタッチを交わした。

改善すべき点はそれぞれ指摘された。商用作品レベルには届かないと評価された。それはわかっている。

けれど、その上で祖父から『よい絵本だった』と言ってもらえたことが、堪らなくうれしかった。

「沖田君、私の夢を叶えさせてくれて、本当にありがとうございました！」

「お礼なんて言わないでよ。むしろ感謝したいのは俺の方だ。七海が引っ張ってくれなかったら、俺はもう絵本を作ってなかったかもしれないんだし」

ペコペコと頭を下げてくる七海に、友翔は手を振りながら応じる。

改めて七海と組んでよかったと思う。

トラウマから救ってもらっただけではない。ストーリー作りについて学べたことはもちろん、それ以上に大事なことを七海には教えてもらった。何より、絵本を作る楽しさを思い出させてもらった。

　感謝してもし切れない。

「できることなら、この絵本の読み聞かせもやってみたかったですね。お世話になった人たちや、一緒に絵本を作った子たちに聞いてもらいたいです」

「だったら、やればいいよ。文化祭が終わって絵本を持ち帰ってきたら、盛大に読み聞かせ回をやろう！」

　七海の呟きに、友翔は全肯定でアイデアを膨らませる。

　今ならなんだってできそうな気がするのだ。読み聞かせ会のセッティングくらい、いくらでもやる。

　いや、それだけじゃない。また七海と絵本を作りたいという思いがふつふつと湧いてくる。次はきっとさらにいい作品が作れると思うのだ。トラウマで絵本が作れなくなっていたなんて、今はもう嘘のようだ。

　すると、七海は驚きに目を丸め、次いで——なぜかわからないが悲しそうな笑顔になった。

　もしかして、一気に話を進めようとしたから、引かれてしまっただろうか。若干心配になりながら、七海の反応を窺う。

　しかし、七海はすぐにうれしそうな笑顔になり——。

「はい！　ぜひ！」

と頷いてくれた。

七海の笑顔が胸の中に突き刺さり、その部分がじんわりと温かくなる。

その瞬間、友翔は悟った。

ああ、もうダメだ、と――。

自分が七海に恋をしていることを、友翔はようやく認めたのだった。

## 5　―Side：七海―

「今日は、本当に素敵な日だった――」

自室の窓からポックルを見下ろし、七海は穏やかな笑みを浮かべて呟いた。

友翔と作っていた絵本が完成し、憧れの作家である〝あまざと　しょう〟から『よく頑張った』という言葉をもらうことができた。

自分の人生の中でも、指折りの素晴らしい一日だ。この日を迎えるために、文化祭から、いや、からの日々があった。そう言っても過言でない。

窓から離れ、机の引き出しを開ける。

中に入っているのは、古びた『ポックルの冒険』の絵本だ。手に取ってひっくり返すと、裏表紙には『おきた　ゆうと』という名前がマジックで書かれている。

その名前を見つめた瞬間、七海の脳裏に十二年前の出来事が蘇ってくる。それは、スウェーデンで友翔と初めて会った時の記憶だ。

十二年前のある日、家の近くの公園で泣いていた七海は、見知らぬ日本人の男の子からこの絵本をもらったのだ。

今でもよく覚えている。その日、七海は母とケンカして、公園で泣いていた。

ケンカの理由は、波奈への嫉妬。

当時、両親は赤ちゃんだった波奈の世話にかかりきりで、七海のことを見てくれなかった。いや、実際はそんなことはなかったのかもしれないが、少なくとも当時の七海はそう感じていた。

最初は七海も、仕方ないことと我慢をしていた。姉になったのだから、しっかりしなければと。

けれど、寂しさは日々募るばかり。我慢は限界を迎え、七海は思わず両親に向かって言ってしまったのだ。

『波奈なんか、うまれてこなければよかったのに！』

心の底から、そう思っていたわけではない。ただ、波奈をうらやましいと思う気持ちが、この時だけは勝ってしまった。

一度気持ちの箍《たが》が外れてしまうと、幼い七海には溢れる感情を止めることができなかった。母と口論になり、七海は泣きじゃくりながら、家を飛び出した。

そんな時に出会ったのが、友翔だった。

『そのえほんはね、〝ゆうきのおまもり〟なんだ。これをよめば、きっとなみだなんかふっとんじゃうよ！』

祖父母や両親の母国の言葉でそう言った友翔は、七海に絵本を渡して去っていった。

七海にとっては、まるで夢でも見ていたかのような出来事だ。泣いていたことを忘れ、絵本を手に家へと帰った。

『おや、七海。おかえり』

『ただいま、おばあちゃん』

玄関で七海を迎えたのは、ティーカップを片付けようとしていた祖母だった。

祖母はすぐに七海が持つ絵本に気が付き、不思議そうに首を傾げた。

『その絵本、どうしたの？』

『ええと、これは……』

祖母に尋ねられ、七海は絵本を差し出しながら公園であったことを話した。

そして、七海から絵本を受け取った祖母は、裏表紙に書かれていた名前を見て、訳知り顔で笑ったのだ。

『これをくれた男の子は、〝ゆうきのおまもり〟って言ったのね』

『うん。たぶん、そう』

『なら、これをくれた男の子は、あなたを励ましたかったんじゃないかしら。あなたが、もう泣かなくてもいいようにって。素敵な男の子ね』

祖母は『大事にしなさい』と言いながら、絵本を返してくれた。

ちなみに絵本をくれたのが祖母の友人のお孫さんで、その友人が絵本の作者である〝あまざとしょう〟だと知ったのは、もう少し後のことだ。

祖母から絵本を受け取った七海は、それをしっかりと抱きしめた。

ただの気まぐれだったのかもしれないが、見ず知らずの男の子が自分を励ますために絵本をくれた。言葉もわからない異国の地で、自分に勇気を分けてくれた。

自分だけに向けられたその優しさは、七海の孤独を確かに癒《いや》してくれたのだ。

母と仲直りできたのも、波奈に謝れたのも、彼のおかげだ。

それ以来、七海はポックルシリーズのファンになり、もらった絵本は宝物になった。

自分を励ましてくれた友翔には、尊敬と憧れを抱いた。

そして、自分も絵本を作ってみたいと思うようになった。

自分は絵を描くのに向いていないということは、小学生の時にわかった。だから一旦絵は横に置き、ストーリーを作る力を磨くことに注力した。いつか最高のパートナーを見つけ、一緒に絵本を作ることを夢見て。

そして日本に来た七海は、ついに理想の絵を描ける人と巡り合った。

その相手が友翔だったことを、七海は運命だと思った。自分が求めていた絵を描ける人が自分の恩人であったことに心が震えた。

その日から、友翔と一緒に絵本を作ることが七海の目標になった。

そして、自分が成すべきことを成し、さらに友翔と一緒に絵本を作る夢を叶えた今、思い残すことはないと思っていた。

しかし――。

「なんで今頃気が付いてしまったんだろう……」

今日、友翔に『感謝したいのは俺の方だ』と言ってもらえた瞬間、これまで感じたことのないほどの喜びが芽生えた。

同時に、七海は自分の気持ちを理解してしまった。

憧れと尊敬だけではない。自分は――友翔のことが好きなのだと。

「けど、私の命は文化祭の最終日まで。もう残された時間は少ない」

自分が一周目と同じ日、同じ時刻に死ぬことは、本能的にわかる。それまでの過程を変えることはできても、この終わりだけは変わらない。そういう運命なのだろう。

最高のエンディングを迎えたのに、その先を望むなんて欲張りすぎる。

それは、七海もわかっている。そもそも一周目の世界で自分がしてしまったことを思えば、友翔に好かれる資格なんてありはしないのだ。

けれど……気持ちを抑え切れない。

昼間、友翔に読み聞かせ会をやろうと言われた時のことを思い出す。あの時は、つい『はい、ぜひ！』と叶うことのない約束をしてしまった。

あの約束が叶えばいいのに。文化祭後も自分の人生が続けば、この恋心を前に進めることができるのに。

自分が犯した罪を忘れ、ついそう願ってしまう。

自分はどうすべきなのだろう。

宝物の絵本を手に、七海は思い悩んだ。

6

友翔は夢を見ていた。

またもや少女と意識を共有する夢だ。

ただ——今回の夢は、これまでの二回と様子が違っていた。

まず夢の中で少女がいる場所。これまでは自分の見知らぬ場所ばかりだったが、今回は違う。そこは友翔がよく知っている場所――文天部の部室である地学室だった。

そして、もうひとつの決定的な違い。それは――。

「あ……。くっ……！」

「七海！」

胸に立っていられないほどの強烈な痛みを感じ、少女が床に倒れ込む。

そんな少女に駆け寄ったのは――自分だ。

いや、もう〝少女〟なんて曖昧な呼び方はふさわしくない。目の前に見える自分自身が叫んでいたではないか。自分が今まで意識を共有してきたのは――今、胸の痛みにもがき苦しんでいるのは、七海だ。

「お……き……」

朦朧《もうろう》とする意識の中、七海が目の前の自分に向かって手を伸ばす。

同時に、七海の感情が友翔の中に流れ込んでくる。

それは、自身の死を悟ったことで心の奥底から湧いてきた――後悔だ。

自分のせいで友翔を傷つけてしまった。自分の絵本作りの夢も叶えられず、友翔への恩を仇《あだ》で返すことしかできず、こんな人生納得できない。せめて友翔のために使える時間が欲しい。

そんな思念が、友翔の中に満たされていく。もう一度だけ、恩に報いるためのチャンスが欲しい。

だが、友翔には七海が何を言っているのかわからなかった。だって、友翔は七海に傷つけられたことなんてないし、七海は絵本を作るという夢を叶えたはずだから。

まるで自分が知っている七海とは別の七海の記憶を見ているようだ。

そして、夢の中の自分が七海の手を握ると同時に七海の意識は途切れ、友翔は夢の世界から弾き出された。


「七海！」

叫び声を上げて手を伸ばしながら、友翔はベッドから飛び起きた。

荒い息を吐きながら、伸ばしていた手でシャツの胸元を掴む。

友翔の胸には、夢の中で感じた痛みの残滓《ざんし》が今も残っている。心に焼き付いて、言い知れない不安を誘う。

「なんなんだ、今のは……」

困惑を隠すことができず、友翔はシャツを握りしめながら呻《うめ》く。

七海の意識が流れ込んできたことで、あれがいつの出来事かもわかった。

あれが起こるのは、文化祭の最終日。つまり、あの夢が事実なら、友翔は未来の出来事を覗き見たことになる。

「ありえないだろ、そんなこと……」

予知夢なんてものが、現実に存在するわけがない。先ほどの夢だけでなく、一学期初日と期末テストの頃に見たふたつの夢も、全部自分が七海のことを考えすぎて見てしまった夢にすぎない。すべては妄想と同じだ。気にするな。

合理的な理屈を並べ、自分が見てしまったものを必死に否定する。胸の中に押し寄せてくる言い知れない不安に、必死に抗《あらが》う。

無性に喉が渇き、友翔は部屋を出て台所へ向かう。コップに水を注いで一気に飲み干すと、ざわついていた気分が少しだけ和らいだ。

「友翔、どうかしたのか？　こんな朝早くに珍しい」

コップを流しに置いて一息ついていたら、不意に声をかけられた。

振り返ると、祖父が台所の前に立っている。

今の時刻は朝の五時。普段から早起きの祖父は、すでに起きていたようだ。

「おはよう、じいちゃん。ちょっと喉が渇いて、目が覚めた」

咄嗟《とっさ》に適当なことを言って、なんでもないと首を振る。

七海が倒れる夢を見たというのは、口にしたくなかった。言葉にすることで、それが現実になってしまう気がしたのだ。

ただ、そこでふと思いつき、友翔は「なあ、じいちゃん」と改めて声をかけた。

「文天部の活動でSF短編小説を書こうと思うんだけどさ、ちょっとアイデアがまとまらなくて……。主人公はヒロインが死ぬ夢を見ちゃったんだけどさ、それからどういう行動を取るべきだと思う？」

夢のことを口にするのははばかられたが、それでも気になるのは事実。だから、内容をぼかして祖父の意見を仰いでみる。

すると祖父は一瞬目を見開き、そのまま難しい顔になった。

「じいちゃん？」

「……また、難解なテーマを選んだな」

何か気に障ることを訊いてしまっただろうか。恐る恐る声をかけると、祖父はゆっくり息を吐きながら答えた。

「その題材について私から言えることはひとつだ。誰かの死を予見できたとして、人がそれを覆《くつがえ》すことはできん。できることがあるとすれば、ただ寄り添い生きていくことだけだ」

問いかけに答えた祖父の言葉には、言い知れない重さのようなものがあった。まるでそんな経験をしたことがあるかのような重さが。

「……そっか。ありがとう、参考になった」

だから友翔は、圧倒されながら礼を言うことしかできなかった。

# 7

夏休みも残り数日となった、八月最後の土曜日。

「ひゃ〜、人多い！」

「まあ、ここらで一番大きな花火大会だからな」

友翔たち文天部の面々は、隣の市で開催される花火大会に繰り出していた。

花火大会の会場に向かう人の波を見つめ、真由と祥平がのんきな声を上げている。

「七海、ここら辺来るの初めてだろ。はぐれないように気をつけてな」

「はい。ありがとうございます」

真由と祥平の後に続きながら、友翔は七海に声をかける。友翔たちの後ろには、百花と隆一が続いた。

なぜ文天部一同で花火大会に来ることになったのか。話は数時間前に遡《さかのぼ》る——。

『それでは、プラネタリウムはじめ、文天部の企画展示がすべて完成したことを祝しまして、カンパーイ！』

『『『カンパーイ』』』

ポックルに真由の音頭と文天部一同のかけ声が響き渡る。

夏休みをかけて制作を続けてきた文天部の企画展示。友翔と七海の絵本、祥平たちのポスターに続き、昨日、ついにプラネタリウムが完成した。

今日は、そのお祝いの会だ。ポックルを二時間貸し切りにしてもらって、部員全員で立食パーティーをすることになった。

この夏休み、友翔と七海はもちろん、他の部員たちも企画の準備のために奮闘してきた。だから、その労をねぎらおうと部長の祥平と副部長の友翔で計画したのだ。

ただ、それだけでは納得できなかった部員がひとり……。

『せっかくの夏休みなのに、私たち文化祭の準備しかしてないですよね。最後の思い出作りに、みんなでどこかに出かけましょうよ～』

宴もたけなわになった頃、そう言ってごね出したのは真由だ。

どうやら、高校生になって最初の夏休みなのに、夏休みらしいことを何もできなかったのが無念でならないらしい。

それについては、祥平と友翔も責任を感じてしまう。

ただ――。

『出かけるって言っても、夏休みはもう終わりだぞ。来週には、二学期が始まるんだから』

『あう〜。友翔先輩、嫌なこと思い出させないでくださいよ』

友翔が現実を突きつけると、真由は頭を抱えてうなり出した。夏休みが終わってしまうことが受け入れがたいらしい。

すると、百花が思い出したように『あ』と声を上げた。

『そういえば今日って、隣の市の花火大会の日じゃあ……』

『それだ！』

一瞬にして目を輝かせた真由が、百花を救世主のように見つめながら、その手を握った。

あー、オチが見えた。

友翔が諦めとともにそう思ったのと同時。

『というわけで、これからお祝いの会二次会を開きます。部員全員で花火大会へレッツゴー！』

真由のはしゃいだ声がポックルに響き渡ったのだった。

――と、そんな感じで花火大会への参加が決定。全員でちゃちゃっと後片付けを終わらせ、こうして会場までやってきたのだ。

ちなみに、ポックルを出た時間が遅かったこともあって、隣の市へ向かう電車は花火大会の見物客で大混雑していた。友翔は日本の満員電車に慣れていない七海がつぶされないように必死にかばっていたのだが、電車を降りたところで真由から思い切り冷やかされた。少しうれしい気もするが、やっぱり超理不尽。

そんなこんなで花火大会が行われる河川敷に到着したのは、開始時間ギリギリ。

全員でどうにか立ち見できる場所を確保すると同時に、花火が上がり始めた。

夜空に大輪の花が咲き、周囲から歓声が上がる。友翔も次々と咲き誇っていく光の花に心を奪われ、ただただ見入ってしまう。

すると、不意にシャツの袖をちょいちょいと引っ張られた。

隣に目を向ければ、七海が花火に負けない輝きを放つ瞳を友翔に向けていた。

「春に見た桜の花も綺麗でしたが、夏の花火も同じくらい綺麗ですね！」

「そうだな！」

周りからの歓声に負けないよう、大きな声で会話する。

そんな何気ないやり取りも、今では愛おしく思えてくる。

「ほら、瑞樹《みずき》君も！　たーまやー」

「ええと、かーぎやー」

その時だ。近くから風流なかけ声が聞こえてきた。

七海とふたりで声がした方に目を向けてみれば、童顔の少年と浴衣姿の少女が花火を楽しんでいた。年の頃は、自分たちと同じくらいだろうか。少女がはしゃいだ様子で少年を引っ張り、一緒に声を上げさせている。少年はやや気後れしながらも、その顔には楽しさがにじんでいた。

そんなふたりを見た友翔と七海は、顔を見合わせて頷き合い——。

「「たーまやー！」」

と声を合わせて花火に向かって叫んだ。

こんな日々がずっと続いてほしい。好きな人が隣にいて、こうやって笑い合える日々が。

心の底から、そう願う。

ただ——だからこそ今も頭から消えない夢の中での光景が、友翔を不安に誘った。

花火大会はたくさんの歓声に包まれたまま、フィナーレを迎えた。

「んじゃ、今日はこれで解散。みんな、気をつけて帰れよ」

電車を降りたところで、祥平が解散を告げる。

他のメンバーと別れ、友翔は七海と一緒に家路についた。

「花火、素敵でしたね。今もまだ、あのドーンという音と歓声が耳を離れません」

「そうだな。今村の思いつきに感謝しないと」

「そうですね。花火を観《み》ている時も人一倍大きな歓声を上げていましたし、真由さんは物事を楽しむ天才です。私も見習いたいです」

帰りの道すがら、七海はずっと花火大会のことを楽しげに話している。

そうやってずっと笑顔でいられる七海も、真由に負けず劣らずの〝物事を楽しむ天才〟だろう。友翔には絶対真似《まね》できない。

そんな七海だから——ずっと一緒にいたいのだ。

「なあ、七海」

「なんですか？」

「花火、また観に行こうな」

唐突な友翔の言葉に、七海はちょっと戸惑った顔になった。

それも当然だろう。だって七海が日本にいるのは、来年の三月まで。次の夏にはもう海の向こうなのだから。

「またふたりで絵本を作って、来年もお花見して、花火を観て、それで……」

それでも、言い募るように言葉が溢れてくる。

七海への思い。自分が見た夢とそれに対する祖父の言葉への不安。色んな感情がないまぜになって、友翔を突き動かす。一度口火を切ってしまったら、もう止まれない。

「——俺、七海のことが好きだ」

そして溢れ出た終着点の言葉に、七海の目が驚きに見開かれた。と同時に、七海の目から涙が零れ落ちる。

泣くほど嫌だったのだろうか。いきなり告白なんて、気持ち悪かっただろうか。

背中に氷水をぶっかけられたように、体の熱が急激に冷めていく。振られる可能性が現実味を帯びてきたことで、膝の力が抜けそうになった。

「……うれしいです」

しかし、その場にへたり込みそうになった友翔に七海がかけた言葉は——喜びを示すものだった。

見れば、七海は涙を零しながらも微笑みを友翔に向けている。

これは、告白を受け入れてもらえたということだろうか。

友翔の中に、希望が芽生え始める。

「でも……もうダメなんです」

だが、続けられた言葉は友翔の告白を拒絶するものだった。

「……どうして？」

ただ、その言い方に引っ掛かりを覚え、焦燥感を抱きながら理由を問う。

来年には帰国してしまうから断った。そもそも友翔は恋愛対象じゃない。

告白を断る理由なんて、星の数ほどある。しかし、友翔はなぜかそれらが理由ではない気がしていた。

いや、もっと正確に言うなら、七海が告白を断った理由を、なぜか確信できてしまったのだ。

聞かない方がいい。これを聞いてしまったら、必ず絶望する。

頭の中で警鐘が鳴っている。

それでも、聞かずにはいられない。

「私は……残り一週間の命ですから」

そして逡巡しつつも告げられた七海の答えは、やはり確信した通りのもので……。

友翔は呆然としながら、その場に立ち尽くした。

# 第四章　約束

## 1 ―Side：祥平―

「プラネタリウムの上映は以上となります！　ありがとうございました！　ポスターと絵本も展示していますので、ぜひ見ていってくださーい！」

真由が客を案内する声が、地学室に木霊する。ドームから出ていく生徒たちを、真由は手を振りつつ営業スマイルで見送った。

二学期が始まって即迎えた文化祭一日目。金曜日の今日は、生徒のみの公開日となっている。

夏休みのテンションそのままに突入するこの学校の文化祭は、とにかく生徒の活気が半端ない。今も校舎のいたるところから生徒たちの歓声が響き渡っている。

もっとも、校内の辺境の地である文天部部室こと地学室には、その残響が届くのみだが……。

「朝から合計で、来場者四十一人ですか。少ないですね～」

「みんな、クラス展示の方をメインで回るからな。それに、地学室は特別棟の中でも辺境だ。むしろ、これだけ人が来てくれるだけでも御の字だな」

真由から来場者数のメモを見せられた祥平が、気にした様子もなく言う。

朝九時の開始から、四時間少々。祥平からすれば、文天部の企画はそこそこの人の入りといったところだ。むしろ、一番の目玉であるプラネタリウムが、今年もきちんと人を呼べている。部長としての視点では、言葉通り御の字だ。

真由も昨年まで天文部で経験しているのだから、そこら辺は心得ているはずだが、彼女的にはもっと上を目指したいのだろう。口に出してはいなかったが、彼女も友翔と同じで最優秀賞を狙っているのかもしれない。

友翔に対しても言ったが、そういう熱意は祥平も大好きだ。

真由は自分よりも文天部の部長にふさわしいのだろうと、祥平は思う。自分たちが引退した後は、次の部長として力強く文天部を引っ張ってくれるに違いない。後輩の頼もしさに、思わず笑みが零れる。

それはさておき、祥平は教室内にいるもうひとりの部員に目を向けた。

文天部の企画展示の当番は、持ち回りで担当している。各自、クラスの当番などもあるから、それを考慮してシフトを組んだ。

今の当番は祥平と真由、そして——。

「七海先輩はどう思いますか？　やっぱりもうちょっと人が来てほしいと思いませんん？」

「……へ？　——あっ！　はい。そうですね。せっかく素晴らしい出来の展示になったのですから、たくさんの人に見てもらいたいです」

真由に声をかけられた七海が、慌てた様子で話を合わせる。そして、話が終わるとまたぼんやりとし始めた。

「七海先輩、どうしちゃったんでしょうね」

「友翔もな。まったく、ふたり揃って何があったんだか」

友翔も七海も、二学期に入ってからずっと様子がおかしい。

七海はこの通りずっと沈んだ様子で心ここにあらずだし、友翔は最低限顔を出すだけでずっと図書室に籠って何かを調べている。

花火大会の日には仲良さそうに笑っていたのに、その後に何があったのか。ふたりの様子からケンカとは思えないが、原因は共通しているように思える。

「七海先輩、友翔先輩が何をしているか、知ってますか?」

「いえ、私は何も……」

おそらく真由も祥平と同じようなことを考えていたのだろう。七海に直球で尋ねた。

一方、七海はより一層沈んだ顔で首を振るのみ。

やっぱり、ケンカしているようには思えない。七海からは友翔の対する怒りがまったく感じられないし、むしろ罪悪感さえ抱いているように感じられる。

「これは……」

「なかなか面倒くさそうなことになっているっぽいな」

顔を見合わせた祥平と真由は、何があったのかと首を傾げた。

2

コツコツと、時計の針が時を刻む音だけが響く。

生徒たちが奏でる喧騒《けんそう》を遠くに聞きながら、友翔は自分以外誰もいない図書室で本のページをめくり続けていた。

できる限り時間を作っては本で調べ、スマホで情報を検索する。

この一週間、ずっとこの繰り返しだ。

ずっと——七海を救う方法がないか、調べ続けていた。

探しても無駄だということは、友翔もわかっている。そもそも何を調べればいいのか、手掛かりさえない。

けれど、探さずにはいられないのだ。

何もせず、七海の命が潰《つい》えるのを待つなんてできないから。

友翔の脳裏には、ずっと一週間前の——花火大会の夜の七海との会話が木霊し続けていた。

『いきなりこんなことを言われても、信じられないですよね』

あの日、友翔に自分の死を告げた七海は、直後にそう言って苦笑した。

『……そう思うなら、なんでその話を俺に？』

『沖田君の気持ちに対して、私は真実を話すことでしか応えられないと思ったからです。信じてもらえなくても、話しておきたいと思いました』

友翔のことをまっすぐに見つめ、七海は真剣な面持ちで答えた。

普通に考えれば、適当にあしらわれたと考えるべきだろう。しかし、七海が嘘を言っているようには見えない。

何より、友翔には七海の言葉が真実と裏付けてしまえる材料があった。

『……信じるよ。七海の言っていたこと』

だから、友翔も沈痛な面持ちで七海の告白を受け入れた。

同時に、今度は七海が驚いた表情を見せた。

『まさか信じてもらえるとは思いませんでした』

『夢で見たんだ。文化祭の最終日、七海の視点から、七海が倒れるところを……』

『夢？』

訝《いぶか》しげに首を傾げる七海へ、友翔はゆっくりと頷く。そして、一学期初日から先日までに見た三つの夢のことを七海に話した。

『驚きました。それらは確かに、私が過去に経験してきた出来事です。ふたつ目と三つ目に至っては、一周目の世界でのみ経験したものです』

『一周目の世界？　それって、どういうこと？』

『ああ、そうですね。それを話していませんでした』

友翔が疑問を差し挟むと、七海は忘れていたという様子で『すみません』と謝った。

『私は来週の文化祭最終日に死に、気が付いたら三月の日本に旅立つ前日に戻っていたんです。なので、私にとって今の世界は二周目の世界なんです』

『つまり、七海の意識が過去へタイムリープしたってこと？』

『そうですね。そういう言い方もできるかもしれません』

七海の話に、友翔は驚きを隠せなかった。いや、失礼を承知で言えば、さすがに七海の正気を疑った。

しかし、七海が時間を遡ったと仮定すれば、特に三つ目の夢に説明がつくのも事実だ。

故に、余計混乱する。自分が持っている常識では、何が正しいのか判断できない。

どう反応すればいいのかわからない友翔に、七海は話を続ける。

『なぜこの半年をもう一度やり直せたのか、その理由はわかりません。ただひとつ言えるのは、死の間際に私は心の底から後悔していたということ。なので私は、その後悔を晴らすために過去に戻ったのだと思っています』

『後悔……』

友翔の脳裏に、文化祭の夢が思い出される。

おそらくそれは、友翔に関係するものだ。一周目の世界の自分と七海の間に何があったのか。気にならないと言えば嘘になる。

しかし、今はそんなことよりも七海の命の方が優先だ。

『後悔のことは、とりあえず横に置いておこう。それよりも七海の命のことだ。過去に戻ったっていうなら、自分の死を避けるための行動はしないの?』

故に友翔は、単刀直入に自身が抱いた問いをぶつけた。

三つ目の夢と照らし合わせれば、七海は一周目の世界で叶えられなかった絵本作りの夢を、この二周目の世界では叶えたということになる。それはつまり、過去は改変できるということ。ならば、七海自身の死を回避することだってできるのではないか。タイムリープの事実そのものについてまだ混乱しているが、むしろそれこそ七海が時を遡った本当の意味なのではないか。

そう思えてしまったのだ。

しかし、七海は友翔に向かって首を振った。

『死に至るまでの過程を変えることはできても、死そのものを避けることはできません。それだけは本能的に理解できるんです。だから私は、未来が大きく逸れないようにできるだけ一周目の世界と同じ行動を取りつつ、後悔に関わる部分だけを変えようと動いてきました。……なかなか難しくて、一周目と違う行動になってしまうことも多かったですが』

七海が語った現実は、なんとも無慈悲なものだった。

いや、それだけではない。七海の口からそれを聞かされた瞬間、友翔もまるで自然の摂理のように理解できてしまった。まるでこの瞬間、神にも等しい何者かによって刷り込まれたかのように納得してしまった。

七海の死が覆ることはない、と――。

頭に情報を強引に刷り込まれた気持ち悪さと、刷り込まれた内容の冷酷さで吐き気がしてくる。

つまり、これはあれか。何者の意図かは知らないが、タイムリープも何もかも現実で、七海の死は確定していて、それを黙って受け入れろと言っているのか。

『七海は……』

えずきそうになるのを必死に堪えながら、友翔は七海に問う。

『七海は、死ぬのが怖くないの？』

自分の命があと一週間ほどだとこの世界から宣告されているようなものなのに、なぜこんなにも平然としていられるのか。

友翔には、七海がどんな気持ちで今を生きているのかがわからなかった。

すると、七海は困ったような笑顔を見せた。

『すごく怖いですよ。時間が巻き戻ってから、何度恐怖で泣いたかわかりません。今だって、気を抜くと震えてしまうくらい怖いです』

そう語る七海の腕が震えていることに、友翔は今さらながら気が付いた。

『でも、理不尽を嘆くだけで、与えられたこの時間を終わりたくなかったから……。だから、恐怖も怒りも悲しみもすべてのみ込んで、今を全力で生きると決めました』

震える腕を手で強引に押さえつけ、七海はただまっすぐに語る。

怖くないわけないのだ。

それでも七海は、この半年間ずっとその恐怖に耐え、それどころかいつも明るく笑顔を絶やさずに今日まで過ごしてきた。自分の人生を、全力で生き切るために。

その心の強さに、友翔はただただ圧倒された。

『沖田君の告白、すごくうれしかったです。でも、私はもうすぐいなくなってしまいます。だから……ごめんなさい。それと、本当にありがとうございました』

圧倒されて立ち尽くす友翔に、七海が丁寧に頭を下げる。

『帰りましょう。あまり遅くなると心配をかけてしまいます』

話はこれで終わりだ。

そう宣告するかのように、七海が踵を返す。

暗闇の中へ歩いていく七海の後ろ姿は、まるで彼女の未来を暗示しているかのようで……。

瞬間、友翔の中で何かが弾けた。

『俺は……諦めたくない！』

去っていく背中に向かって、叫ぶように自分の意思を吐き出す。

同時に、七海が驚きで目を丸くしながら振り返る。

友翔はそんな彼女の見開かれた目を見つめ、さらに言い募った。

『世界が決めたこととか、そんなの知ったことじゃない。俺は絶対に七海の命を諦めない。絶対に、助ける道を探し出してみせる』

そうだ。簡単に諦められるわけがない。だって、振られたとわかってもなお、七海のことが好きなのだから。たとえ自分に振り向いてくれることがなくても、彼女が死ぬところなんか見たくない。

『いくら沖田君でも、それは無理ですよ……』

だが、友翔の決意を聞いた七海は、ただ悲しげに目を伏せるのだった。

七海の悲しげな顔と『無理ですよ』という言葉が、友翔の脳裏に反響する。

ハッとなって時計を見れば、針は十分ほど進んでしまっていた。余計な時間を食ってしまったことに歯噛《はが》みしながら、友翔は調べものに戻る。

今も本能が、こんなことを調べても無駄だと訴えかけてくる。

たとえ七海を入院させたって、きっとなんらかの形で命が失われてしまう。友翔が思いつくような方法では防ぎようがない。

そうやって、本能が外堀を埋めるように説き伏せようとしてくる。

それに……きっと七海は、友翔があがくことを望んでいない。現にあの日から七海と話せなくなってしまった。

「……絶対に諦めたりするもんか」

けれど、そんな本能からの忠告も七海の気持ちも無視し、友翔は調べものを続ける。

あがき続ける。この行動が誰からも望まれていないものでも、七海に生きていてほしいから。

すると、その時だ。

「やっぱりここにいた！」

図書室内に、場違いな明るい声が木霊する。

友翔が本から顔を上げれば、祥平と真由がそこにいた。

「ひどい顔だな。大丈夫か、お前」

そう言いながら、祥平が向かいの席に座る。真由もそれに続き、祥平の隣に座った。

一方、友翔は顔を上げない。ふたりのことを無視して、調べものを続ける。

「百花と隆一も心配してますよ。何を調べているのか知りませんけど、もうちょっと部の方にも顔出してくださいよ。せっかくの文化祭なんですし」

「ごめん」

手を止めないまま、友翔は真由に一言だけ謝る。

友翔だって、部のみんなに対しては申し訳なく思っている。けれど、今の友翔にとってはそんな罪悪感よりも七海の命の方が大事なのだ。

すると、やれやれといった様子でため息をついた祥平が、口を開いた。

「七海と何かあったか？」

「……別に、何もないよ。あと、悪いけど今話している余裕ないんだ」

核心を突く質問に、少し間を置いて否定する。当人の許可なく話せるものではないし、話すことで自分と同じように救いのない情報が刷り込まれたら、ふたりが辛い思いをするだけだ。

ただ、そんな友翔の考えは言葉足らずのままで伝わるわけもなく――。

「友翔先輩、夫婦ゲンカは犬も食いませんよ」

「――ッ！　そんなんじゃない！」

からかうような真由の言葉に、気が付けば声を荒らげて怒鳴っていた。

ハッとして前に目を向ければ、祥平は目を丸くして呆然としている。真由に至っては、怒鳴られたショックで肩を震わせていた。大きく見開かれた目には、うっすら涙がにじんでいる。

「ごめん……」

一言謝りながら、気まずそうに顔を逸らす。

思わずカッとなってしまったが、これでは完全に八つ当たりだ。成果が出ない苛立《いらだ》ちを真由にぶつけただけ。本当に最低だ。

「いや、お互い様だ。俺たちも、お前の気持ちも考えず調子に乗りすぎた」

顔を逸らしたまま後悔に表情を歪《ゆが》める友翔に、祥平が「すまん」と謝罪する。

そのまま祥平は真由の肩に軽く手を触れ、「立てるか？」と気遣わしげに確認する。

そして、真由が小さく頷くのを見て取ると、席を立った。

「忙しそうだし、もう行くわ。邪魔して悪かったな」

おそらく出直した方がいいと判断したのだろう。祥平は、「行こう、今村」と真由を連れて図書室を出ていく。

と思ったら、図書室の入口のところで、一度友翔の方に振り返った。

「何に追い詰められているのかはわかんねえけど、あんまりひとりで抱え込むなよ。相談になら、いつでも乗ってやるから」

「…………」

いつもの爽やかな笑顔でそう言うと、祥平は真由を連れて今度こそ本当に図書室から去っていった。

そして、ひとり残された友翔は……悔しげに顔をしかめる。

「もう悠長に相談している余裕もないんだよ……」

反省したそばから悪態が出てしまう。出てしまうくらい、今の友翔には心の余裕がなかった。だって、Xデーは明日なのだから。

「せっかく七海と波奈を見習って頑張ってきたのに、これで全部水の泡だな」

思わず自分のことを自分で笑ってしまう。この数か月で築いてきた部のみんなとの信頼関係。それらが一瞬にして、すべて水泡に帰してしまった。

それでも――何を失ってでも七海を救いたいのだ。最早、自分の意思で止まることはできない。

後ろ髪引かれる思いはあるが、祥平たちを追うことはしないで調べものに戻る。

だが、戻ったところで何か事態が好転するわけでもない。

「なんでもいいから、何か手掛かりはないのか」

本を次々と確認しながら、焦るように呟く。

と、その時だ。

『まあ、その題材について私から言えることはひとつだ。誰かの死を予見できたとして、人がそれを覆すことはできん。できることがあるとすれば、ただ寄り添い生きていくことだけだ』

脳裏に蘇ったのは、夏休みに祖父から言われた言葉だ。

ただの勘だが、祖父はこの現象について何か知っているような気がする。

「じいちゃんに訊けば、何かわかるんじゃないか？」

口に出すと同時に、次の行動を決める。

今度こそ、手掛かりを見つけ出す。祖父の顔を思い浮かべながら、友翔は荷物の片付け始めるのだった。

## 3　―Side：七海―

「――ッ！　そんなんじゃない！」

友翔の怒鳴り声を、七海は図書室の扉の陰で聞いていた。

祥平と真由が友翔のところへ行こうと話しているのが耳に入ってきて、こっそりついてきてしまったのだ。

図書室の扉に背中を預けて座り込み、七海は涙が零れそうになるのを堪える。

普段の友翔であれば、誰かを怒鳴りつけることなんて決してなかったはず。そんな優しい友翔をあそこまで追い込んでしまったのは、紛れもなく自分だ。自分が真実を教えたことで、結果的に友翔を追い詰めてしまった。その事実に、心が痛んだ。

いや、心が痛む理由はそれだけじゃない。

友翔がここまで自分のために頑張ってくれていることを、七海は心の片隅で喜んでしまっている。

好きな人が、自分のことだけを考えてくれている。その事実に優越感を覚えている自分を確かに感じるのだ。

一周目の世界で自分が友翔にしてしまったことを思えば、彼に好かれる資格なんてないのは明白だ。それでも、友翔が好きという思いが溢れて止められない。

この状況でなおもそんなことばかり考えてしまう自分の浅ましさが許せなくて、七海は唇を噛んだ。

と、その時だ。

「忙しそうだし、もう行くわ。邪魔して悪かったな」

祥平たちが図書室から出ていこうとしている気配に気が付き、七海は物陰に身を隠す。

少しすると、祥平と真由が図書室から出てきた。友翔に怒鳴られた真由は、泣いてはいないものの、ひどく落ち込んでいる様子だった。

「どうしよう、先輩。私、友翔先輩を怒らせちゃって……。これで友翔先輩が部に出てこれなくなったら、私……」

「大丈夫だって。ただタイミングが悪かっただけだから。気にするな」

真由が不安そうに言い募るのを、祥平が努めて軽い調子で慰めている。

今すぐ出ていって真由に謝りたい気持ちに駆られたが、そんなことをすればより一層話がこじれるだろう。だから、今はグッと堪える。

ふたりはそのまますぐに立ち去り、七海も後ろ髪引かれる思いのまま、図書室を後にする。

あてどなく廊下を歩いているとチャイムが鳴って、文化祭一日目の終わりを告げた。

文字通り人生で最後の文化祭なのに、その一日目は陰鬱《いんうつ》とした気分のまま終わってしまった。

この二周目の世界では後悔をなくすつもりだったのに、今日は後悔ばかりが生まれてしまった。自分のことが嫌になってくる。

「本当に、私は何をやっているんだろう……」

誰に届くわけでもない疑問を、ポツリと漏らす。

校内放送では体育館で行われているライブパフォーマンスの案内をしているが、それを観に行く気分にはなれない。七海は教室からカバンを回収し、隠れるようにこっそりと学校を後にした。

自転車をこいでマンションまで帰り着いた七海は、ふとポックルの奥にある天里家・沖田家の住宅に目を向ける。

このまま自分は、友翔とすれ違ったまま最期を迎えることになるのか。

友翔から告白された時、七海は結局自分の気持ちを伝えなかった。罪の意識、そしてもうすぐ死ぬという事実を理由に、伝えないことを選んだ。

けれど、今となっては言わないままでいることも苦しい。

こんな気持ちを抱えたまま死ぬために、自分は過去に遡ったのか。

何度やり直しても、自分が自分である限り、後悔の結末は変わらないのか。

「やあ、七海」

不意に声をかけられて、七海は驚き顔のまま振り返る。

声をかけてきたのは、将之だった。マンションから出てきたところを見るに、管理人の仕事をしてきたところなのだろう。

「友翔に用かい？」

将之からの問いかけに、七海は沈んだ顔で首を横に振る。

その様子に、何かを感じ取ったのだろう。

「学校で何かあったかな？」

将之は優しげな声音で問いを重ねてきた。

「私のせいで、沖田君が文天部の皆さんとケンカになってしまって……」

「ほう」

七海は少しの間押し黙った末、学校であったことを語る。

それに対し、将之は珍しく驚いた様子を見せた。

「ここ数日、様子がおかしいと思っていたが……。友翔がケンカとは珍しい」

「私が悪いんです。私が……」

自分の未来を教えてしまったから。

出かかったその言葉をのみ込み、七海は俯きながら口をつぐむ。

すると、将之は顎に手を当てながら「ふむ……」と呟き、ふと思い出したように口を開いた。

「そういえば君たちが絵本を完成させた日の翌朝にね、友翔から相談されたんだ。部活で書いている小説のネタで、ヒロインが死ぬ夢を見た主人公はどういう行動を取ればいいだろうか……と言っていたかな。もしかして、それに関わることかな」

将之の話に、七海は俯いたまま心臓を鷲掴《わしづか》みにされたような気分になる。

絵本を完成させた日の翌朝ということは、七海が自分の死について話す前。おそらく夢で七海の死を見た友翔が、それとなく将之に相談したということだろう。

核心に近いところを一気に言い当てられてしまい、数秒ほど呼吸が止まった。

そんな七海の気付かぬところで、将之が何かを察したように目を細める。

しかし、将之はすぐにフッと表情を和らげ、七海の肩をポンポンと叩いた。

「いや、すまない。困らせるようなことを言ってしまったね」

「すみません」

「謝らなくていい。誰よりも辛い状況なのは君だろう」

将之の言葉に、七海はゆっくり首を振る。

これはすべて自分が蒔《ま》いた種だ。その自分が辛いと言ってしまうのは、お門違いというものだろう。

だが、将之は言葉を続ける。

「私は君を救う術を持たない。その代わりと言っては何だが、友翔のことは私がなんとかしよう。取り返しがつかなくなる前に」

そう言うと、将之は七海の横を抜けて店の方へと歩いていった。

同時に、七海は将之の言葉に違和感を覚えた。

誰よりも辛い状況。救う術を持たない。取る返しがつかなくなる前に。

考えすぎかもしれない。しかし、これはまるで七海の事情をすべてわかっているかのような……。

七海は慌てて、将之が歩いていった方へ振り返る。

しかし七海が声をかける暇もなく、将之はポックルの中へと消えてしまった。

4

文化祭一日目が終わるや否や学校を飛び出した友翔は、ポックルで祖父が姿を現すのを待っていた。理由はもちろん、最後の夢を見た日の朝の続きを話すためだ。

今か今かと一日千秋の思いで待ちわびていると、カランコロンというベルの音とともに、祖父が店に入ってきた。

「じいちゃん」

「ああ、友翔。おかえり」

友翔が駆け寄ると、祖父はのんびりした様子で微笑んだ。

しかし、今の友翔には、それに付き合っている暇はない。『ただいま』の一言さえ言うことなく、本題に入る。

「じいちゃん、話があるんだ。今からちょっといいかな」

「ちょうどいい。私もお前に話があったところだ。今から少し付き合え」

「時間がないんだ。悪いけど――」

「いいから、付き合え」

祖父の有無を言わさぬ気配に、思わず息をのんで頷く。

祖父はカウンターの奥にいる祖母に「すまないが、少し出てくる」と言うと、友翔を外へと連れ出した。

そのまま祖父は友翔に待つように言い、一度家の方に入っていく。五分ほど待っていると、祖父はトートバッグを持って戻ってきた。

「どこへ行くんだよ」

「すぐそこだ。行けばわかる」

そう言って、祖父は振り返ることなくスタスタと歩いていく。

仕方ないので、友翔も後に続く。

友翔を連れ出した祖父が向かった先は、ポックルから数分のところにある墓地だ。

祖父は手桶《ておけ》に水を汲《く》み、柄杓《ひしゃく》を持つと、よどみない足取りで墓地の中を歩き、ひとつの墓の前で立ち止まった。

天里家之《の》墓。

墓碑にはそう刻まれている。友翔の母方の家の墓だ。

祖父は手桶に汲んだ水を墓石にかけると、トートバッグから布巾を取り出して丁寧に拭いていく。そして、線香を取り出して香炉皿に供えると、手を合わせて目を閉じた。

友翔も祖父に倣い、手を合わせて目を閉じる。

「――で、話って何？」

お参りを終えたところで、話を本題へと戻す。

お墓の前で聞くべきことではないかもしれないが、話があると言ってここに連れてきたのは祖父だ。それに、友翔に残された時間は少ないのだ。今は、一分一秒が惜しい。

すると、祖父は墓をまっすぐに見つめたまま深く息をつき、重い口を開いた。

「死を覆すことはできんと教えたはずだ。それに、今のお前では七海を救えん」

「――ッ！」

祖父の言葉に、友翔は総毛立ちながら息をのむ。

確かに祖父からヒントを得られるかもしれないとは思っていた。けれど、自分が陥っている問題をずばり言い当てられるとは、友翔も思っていなかった。

「……なんでじいちゃんがそれを知っているんだ」

「知っていたわけではない。ただ、カマをかけてみただけだ」

絞り出すような声で友翔が問うと、祖父はやっぱりそうかといった様子でため息をついた。

「この間、小説の題材と言って夢のことを聞いてきたな。あれから、ずっと気にかけていた。そして、先ほど七海と話して確信した。お前も経験したのだとな」

「『お前も』って、どういうこと？」

「私も、十歳の時にお前と同じ経験したことがある、ということだ」

探るように問いを重ねる友翔に、祖父は墓を見つめながら応じる。

「この地域には昔、〝時渡り〟という言い伝えがあった。死を迎えた者を土地神が気まぐれに過去へ導く……というな。まあ、土地神の仕業かはさておき、現象そのものは現実に存在していたというわけだ」

「ずっと昔から……」

「もっとも、言い伝えは時代が進む中で忘れ去られてしまったがな」

呆然とする友翔に、祖父は肩をすくめながら付け加える。

「私やお前が経験したのは、〝時渡り〟の副産物と呼べるものだ。〝時渡り〟をした人間に近しい者が、〝時渡り〟前の世界のことを夢に見る。これも、私が子どもの頃は言い伝えとして残っていた」

「……言い伝えでは、過去に戻った人はどうなるの？」

「土地神が与えるのは、時間だけだ。死の運命が決まった者は、どうあがいても同じ日同じ時に死ぬ」

友翔が求めてやまなかったこの現象の正体が、つまびらかにされていく。

ただ、それでわかったのは〝神〟という存在を使わなければ説明できない現象であるということ。現象の本質は、この地域で度々起こってきたということ以外に何もわからない。

ただ、本質はわからなくても、言い伝えとして残るくらいに〝時渡り〟をした人間の結末は同じだったということだ。

だが、そう言われて『はい、そうですか』と諦めるわけがない。友翔は、少しでも情報を得ようと祖父を見つめる。

「じいちゃんは……誰の〝時渡り〟に巻き込まれたの？」

「私の母――お前の曽祖母だ。母は病弱な人でな。私が幼い頃から入院と退院を繰り返していた」

そう言って祖父が語ったのは、六十年以上昔の出来事だ。

祖父は十歳の時、なんの前触れもなく病院で曽祖母が泣きながら自分に向かって謝っている夢を見たらしい。

言い伝えを知っていた祖父は胸騒ぎを覚えたが、曽祖母の死が確定してしまうのが怖くて本人に真相を聞くことができなかったそうだ。

そして、代わりに祖父は藁《わら》にも縋《すが》る思いで曽祖母を救う方法を探すことにしたらしい。今の友翔のように……。

「当時は言い伝えを知る者が、まだたくさん残っていた。だから、〝時渡り〟をした者の命を助ける方法を知る者がいるかもしれないと思ったのだ。しかし、誰に訊いても『そんな話は聞いたことがない』という答えしか返ってこなかった」

「……だから、七海の命も助からないと？」

「そうだ。これは、人の力でどうにかできることではない」

「——ッ！　わかんないだろう、そんなこと！　じいちゃんに見つけられなかっただけで、俺も同じ結果になるとは限らない！」

友翔の叫びが、静かな墓地に木霊する。

「嫌なんだ、七海がいなくなるなんて。俺はまだ、七海と一緒にいたい……」

もはや涙声になりながら、自分の気持ちを吐露する。

そんな友翔に、祖父は慰めの言葉をかけるでもなく昔話を続ける。

「何も見つけられたかった私は、母に自分が見た夢と母を救う方法が見つからないことを打ち明け、泣きながら謝った」

「俺にもそうしろって言うの？」

「黙って聞け。その時に母がな、泣きじゃくる私に言ったんだ。『土地神様は生き残る手段を探すためにこの時間をくれたんじゃない。死の瞬間に抱いていた後悔を晴らすためにこの時間をくれたんだよ』とな」

「――ッ」

それまでの反抗的な態度を忘れ、友翔は思わず目を丸くして祖父を見る。

後悔を晴らすため。それは、七海が花火大会の夜に言っていたことにつながる。

揺らぐ友翔に、祖父は続ける。

「友翔。私はさっき、『今のお前では七海を救えん』と言ったな。その意味が、わかっているか？」

「……七海の命は助けられないってことだろう？」

「違う。命の話だけではない。今のお前に救えんのは、七海の意思・尊厳――要するに七海の心だ」

「七海の……心……」

「友翔よ、お前の七海を救いたいという思いは、誰のためのものだ？　お前は今、本当に七海のことを思って彼女を救おうとしているのか？」

祖父からの問いかけに、友翔は答えることができない。

だって……自分は七海の気持ちを無視してでも彼女を救おうとしてきたから。

答えることができないまま友翔が押し黙っていると、祖父が深く息を吐いた。

「お前は、自分が七海との間に結んだ縁について、どう思っている?」

「……俺が結んだ縁って、どういう意味?」

意味がわからず、祖父の問いかけに問いかけで返す。

「お前、覚えていないのか? 私たちと一緒にスウェーデンに行った際、女の子に絵本をあげたことを」

「え? ああ……そういえば、そんなことあったかも」

言われておぼろげに思い出す。確かに、日本から持っていった絵本を誰かにあげた気がする。古いことすぎて忘れていた。

「その女の子が、七海だ」

祖父に言われると同時に、記憶が鮮明になる。自分が絵本を渡した女の子。自分が褒めると、照れくさそうに頬を赤らめていた、その顔を。

それと同時に、もうひとつ思い出す。七海が来る前に見た、幼い女の子の夢。

ああ、なんでこの夢の内容だけ、今まで忘れていたのだろう。これも、土地神様とやらの気まぐれなのだろうか。

いや、今はそんなこと、どうでもいい。自分はすでに答えを見ていたのではないか。「私も後で順子に聞いたことだが、七海はお前に深く感謝していたらしい。お前の行動と絵本のおかげで救われたとな」

祖父がフッと微笑み、「やるではないか」と友翔を褒める。

それはともかくとして、祖父のおかげでようやくわかった。七海が日本に来た日に言っていた『二回も助けていただくことになるなんて』の意味が。

七海は十二年もの間、ずっと覚えていてくれたのだ。自分と初めて出会った日のことを。自分との間に結ばれた縁を――。

「お前が十二年前に結んだ縁は、時を経ることでこの世界が無視できないほど強固なものになった。だから、お前は夢を見た。お前たちが互いを想う気持ちは、それだけ強いということだ」

七海が自分に抱いている気持ちは、自分が七海に抱いたものとは違うものかもしれない。だって、自分はものの見事に振られたのだから。

けれど、たとえそれが感謝の気持ちだったとしても、七海が自分のことを想ってくれていたのは事実であるわけで――。

「生きていたいのは、七海だって同じだろう。しかし、この世にはどうにもならないことが確かに存在する。だからこそ、選ばなければならん。自分にとって、相手にとって、何が最善かを」

だから、友翔も選ばなければいけないのだ。

現実から目を逸らすのではなく。自分の世界に閉じこもるのではなく。

きちんと目の前の大切な人を見て——。

「お前の気持ちはよくわかる。私も、同じ気持ちを抱いたことがあるから。しかし、今お前がやるべきことは何か、なぜお前が夢を見たのか、もう一度よく考えてみろ。七海を後悔させないために、お前自身の後悔を少なくするために」

そう言うと、祖父は友翔を残したまま、墓の前から去っていく。

あとは自分で考えろ、とでもいうように。

「今、俺がやるべきことが何か……」

祖父の言葉を呟きながら、友翔はひとりその場で立ち尽くす。

頭に浮かぶのは、七海と過ごした日々。そして、七海の笑顔だ。

自分は今日まで七海の命を守ることばかり考えて、あの笑顔を守ることを考えていなかった。

自分のためにできることではなく、七海のために自分ができること。そして、自分の力でできること。

それは何か。

「俺は……。俺が今やるべきことは……」

ああ、ずっとわかっていた。自分に七海の命を救う力はないと。自分はヒーローにはなれないと……。

だから、最初から違ったのだ。

自分が、自分の持つ力でできること。七海のために、自分が取るべき行動。それは——。

「ごめん、七海……」

友翔は涙を流しながら、心を決めるのだった。

5

そして、迎えた文化祭二日目の——いや、運命の朝。

「……よし」

いつもより早めに起きた友翔は、洗面台の鏡に映る自分に向かって、気合を入れるようにひとつ頷いた。

一睡もできないかと思ったが、意外にもきちんと眠ることができた。というか、この一週間で一番よく眠れたくらいだ。

きっと自分の中で何をすべきかが定まったから、体がそれに応えてくれたのだろう。今日という日に、友翔が全力をもって臨めるように。

と、その時だ。

「おはよう、友翔」

「おはよう、じいちゃん」

洗面所の外から祖父に声をかけられ、あいさつを返しながら振り向く。

そして、真剣な面持ちの祖父と正面から向き合う。

「随分と、いい顔つきになったな」

「じいちゃんに尻を叩かれたからね」

「今日が……その日なのだな」

「うん」

「そうか」

友翔が頷くと、祖父が思いを馳《は》せるように天を仰いだ。

「今のお前にはいらん世話だろうが、一度決めたのなら迷うな。もうそんな時間はないのだから」

「わかってる。ありがとう、じいちゃん」

友翔の返事を聞き届け、祖父はそれ以上何を言うこともなく去っていく。

友翔はその背中に向かって、静かに頭を下げた。

祖父のおかげで、より一層身が引き締まったような気がする。

きちんと朝食を取り、支度を整えた友翔は、一度深呼吸をして家を出る。

「後でお母さんと行くから。日本の高校の文化祭、すごく楽しみ！」

「うん。待ってるね」

すると、近くから波奈のはしゃいだ声と七海の朗らかな声が聞こえてきた。

見れば、マンションの前で波奈と制服姿の七海が話をしている。どうやら学校へ行く七海を見送りに出てきたらしい。

「──あ、沖田さん。おはようございます」

「ああ。おはよう、波奈」

友翔が通りに出ると、波奈がこちらに気が付いて声をかけてきた。

同時に、七海がこちらを向く。

「あ……ええと……」

七海と目が合った瞬間、何を言っていいかわからなくなり、思わず視線を逸らしてしまった。

覚悟は決めたはずなのに、本当に情けない。

一方、七海の方も友翔に何と声をかけていいのかわからない様子で、視線を外すようにやや俯いてしまった。

すると、そんなふたりの空気を敏感に感じ取ったのか――。

「じゃあわたし、そろそろ戻るね。行ってらっしゃい」

波奈は早々にこの場から立ち去った。気を利かせたつもりなのか、単に空気の重苦しさに耐えかねて逃げたのか。

まあ、友翔も波奈の立場なら同じことをするので、とやかく言うつもりはない。

それよりも今は七海のこと。

友翔は心の中で自分を鼓舞し、前を見据える。

「七海、その――」

「沖田君、あの――」

友翔が話を切り出そうとしたのとまったく同じタイミングで、七海も口を開いた。

ふたりの声が綺麗に重なってしまい、揃って息をのんでしまう。

「あ、ええと、何？」

「いえ、沖田君からどうぞ」

そして、今度は互いに譲り合いを始めた。

なんともぎこちないやり取り。こんなこと、七海が日本に来てから初めてのことだ。

いや、いつもは七海がリードしてくれていたから、やり取りがスムーズに進んでいたのだ。

だから今日は——自分から歩み寄る。

「七海」

「はい！」

唐突に名前を呼ばれ、七海が若干驚いた様子でビクッと背筋を伸ばす。そんな彼女に向かって、友翔はできる限り丁寧に頭を下げた。

「俺、ずっとひとりで勝手に焦ってた。七海の気持ちとかきちんと考えずに、自分の気持ちだけでひとり相撲してた。本当にごめん！」

「そんな！　顔を上げてください。私の方こそ、自分の事情を明かすだけ明かして、沖田君を苦しめてしまって……。本当にすみませんでした！」

頭を下げた先で、七海も同じく頭を下げたことが伝わってくる。

しばらくして顔を上げると、同じタイミングで顔を上げた七海と目が合って……。

なんだかおかしくなってしまい、ふたりで笑い合ってしまった。

「七海」

「はい」

笑いが収まったところで、もう一度七海の名を呼ぶ。

七海の方も、今度は驚くことなく穏やかに微笑みながら返事をしてくれた。

だから、友翔も変に飾り立てることなくその言葉を口にできた。

「ごめん。俺には、七海を助ける方法が見つけられなかった」

「はい」

「だから代わりと言ってはなんだけど、残り一日、俺は七海が全力で生きることをサポートしたい。七海が後悔を残さないように、俺にできることはないかな」

真剣な眼差しで、七海に問う。

昨日、祖父に言われて気が付いたのだ。今の友翔にできるのは、七海の思いに寄り添ってあげることだけなのだと。

もし最後の一日に友翔は必要ないと七海が言うなら、それでも構わないと今は思う。

その時は、その意思を尊重する。

けれど、七海が自分を必要としてくれるなら……その時は、その気持ちに自分も全力で向き合う。

「……いいんでしょうか。私は、沖田君にわがままを言っても」

「もちろん。だって、俺がそれを望んでいるんだから」

呆然としながら呟く七海に、友翔は太鼓判を押すように力強く頷く。

友翔としては、むしろわがままを言ってほしいくらいだ。

すると――。

「ありがとうございます。その言葉だけでも……すごくうれしいです」

友翔の気持ちや考えが、どこまで伝わっているかはわからない。

だが、友翔の言葉を受け取った七海は、そう言って笑顔を見せてくれた。

「じゃあ、ひとつだけお願いです。沖――友翔君、今日の文化祭、私と一緒に楽しんでください！」

「わかった。そんなこと、お安い御用だ」

七海からのささやかなお願いに、友翔は全力で頷いた。

七海が自分のことを必要としてくれた。その喜びを胸に抱いて――。


「ごめん、ちょっと野暮用。先に教室へ行ってて」

学校に着くと、友翔は七海にそう言って、地学室へと向かった。

朝一とあって、地学室には誰もおらず、シンと静まり返っている。友翔は椅子を引っ張り出して腰かけると、スマホを取り出して文天部の面々それぞれに地学室へ来てほしい旨のメッセージを送った。

そして、別の相手にもメッセージを書きながら待っていると――。

「朝一から呼び出しとは、随分偉くなったもんだな、副部長？」

と笑う祥平を先頭に、七海を除く部員全員が地学室に顔を出してくれた。

今まで散々迷惑をかけて、愛想つかされてもおかしくないのに、全員がメッセージに応じてくれたことに、友翔の心がじんわりと熱くなる。本当に自分はよい仲間に恵まれたものだ。

「で、なんの用だ？　あんまり時間もないし、手短に頼むぞ」

「ああ、そのつもりだ」

祥平に促され、友翔は椅子から立ち上がる。そして、珍しく居心地悪そうな顔をしている真由の前まで行き、しっかりと頭を下げる。

「今村、昨日は本当に悪かった。心配して来てくれたのに、ついカッとなっちゃって……。本当にごめん」

「あ、いや……あれは私も悪かったので、そんなかしこまって謝られると逆に申し訳ないというか……。とにかく、顔を上げてください。あと、私の方こそ、すみませんでした」

謝る友翔に、真由があたふたした様子で謝り返してくる。

友翔は続いて、「な？　大丈夫だったろう」と真由の肩を叩く祥平に向かって頭を下げた。

「祥平も、迷惑ばかりかけて本当にすまなかった」

「おう」

祥平は相槌ひとつで友翔に笑いかけてくる。別にどうということはない、とでもいうように。本当に器の大きい男だ。

そして最後に、友翔は隆一と百花に頭を下げた。

「ふたりにも心配かけた。本当にごめん」

「いえ、俺は別に。これでも先輩のことは信頼してますので」

「私もです」

このふたりは、まあいつも通りという感じだ。だからこそ、安心できる。

全員に謝罪が済むと、祥平が見計らったように口を開く。

「まあ、謝罪会見はこれくらいにしてだな。友翔、悩み事は解決したのか？」

「解決したわけじゃない。けど、考え方を変えた。詳しくは言えないけど、色々後悔しないためにも、俺は俺にできることをしようって」

祥平からの問いかけに、友翔はできる限り誠実に胸の内を明かす。言えないことは多いが、自分の気持ちだけは嘘偽りなく伝える。

すると、祥平は全員を代表するように「そうか」と頷いた。

「まあ、少しは前向きになったみたいで安心したよ。――で、俺たちを呼び出したのは、ただ謝るためだけか？」

他にもあるんだろう？　という顔で、祥平が重ねて問うてくる。

察しがいいというか、なんというか……。

ただ、バレているのなら、それはそれで心情的に助かる気もする。

ともあれ、友翔は表情を引き締め、集まってくれたみんなを正面から見据え――。

「こんなこと、頼めた義理じゃないのはわかってる。だけど、それをわかった上で頼む。――今日のみんなの自由時間、少しだけ俺にくれないか？」

この通りだ、と全員に向かって今日一番深く頭を下げる。

七海が最後の一日に自分を必要としてくれたら実行しようと思っていたこと。

それには、部のみんなの存在が必要不可欠なのだ。

「ああもう、顔上げろよ。お前、今日は頭下げすぎだぞ」

呆れたような口調の祥平に促され、友翔は顔を上げる。

「そんだけ頼むってことは、大切なことなんだろう。俺としてはようやく頼ってきたかって感じだし、時間くらいなら適当にくれてやるよ。お前らは？」

「私も！　ここで先輩に恩売っておきます！」

祥平が真っ先にＯＫを出すと、真由がいつものノリに戻ってそれに追従する。そして隆一と百花も、ふたりを追うように頷いてくれた。

昨日、彼らとの信頼関係は水泡に帰したと思ったが、素直に反省する。自分は、彼らの懐の深さを完全に見誤っていた。この仲間たちに恵まれたことは、七海と出会えたことに見劣りしないくらいの幸運だった。

「ありがとう。本当に……」

感謝の気持ちを伝えながら、友翔は泣きそうなくらいの喜びを噛み締めるのだった。


文天部の面々への頼み事を終えた友翔は教室へ急いだ。七海と過ごせる時間は、一分一秒だって無駄にしたくない。

「おかえりなさい。ちょっと長い野暮用でしたね。私、待ちくたびれました」

「ごめん。文化祭を楽しむために、どうしても必要なことだったんで」

からかうように笑いながら言う七海に、友翔もおどけた様子で応じる。

七海との合流からほどなくして、朝のホームルームの時間になった。担任から軽く連絡事項が告げられた後、クラス総出で二日目の準備を行う。

友翔は朝からクラス企画である喫茶店の当番だ。調理場担当として、エプロンのひもを締めながら気合を入れる。

「友翔君、お互い頑張りましょう！」

「ああ！　本職の実力、見せてやろうぜ！」

そして、同じく朝一から当番の七海と、互いにエールを送り合う。

友翔も七海も、喫茶店で働くことにかけては一日の長がある。本職として、クラスメイトたちに後れを取るわけにはいかない。

それはさておき――。

「ちなみに友翔君、今日のこれはどう思いますか？」

「最高にかわいいと思います」

エプロンの裾をつまみながら挑戦的に聞いてくる七海に、友翔はかつてないほど真剣な面持ちでサムズアップをする。

制服の上にエプロンをつけた七海は、天使のようにかわいかった。眼福である。

色々と覚悟も決まっているせいか、もはや照れることさえなく、かわいいと言い切る。

すると七海は、「ありがとうございます！」と花が咲くように笑ってくれた。

何はともあれ、時計が九時を指したところで文化祭二日目が始まる。すぐに友翔たちのクラスにも客が入ってきた。

「いらっしゃいませ！　こちらの席へどうぞ」

「コーヒーとスコーンですね。少々お待ちください」

「三番テーブルのコーヒー、準備できました！」

「おーい！　クッキーってどこにあったっけ！」

客が増えるに従って、ホールも調理場も慌ただしさが増していく。

その中にあって――。

「三番テーブルのコーヒー、もらっていきます。あと、二番テーブルと五番テーブルのオーダーです。お願いします」

「二番テーブルと五番テーブルのオーダー、了解しました。——あ、クッキーはそこのかごの中な」

ポックルでの経験を活かし、七海はホール、友翔は調理場でてきぱきと役割をこなしていく。喫茶店での業務に慣れているだけあって、明らかに頭ひとつ抜けている。

おかげで調理場とホールが、それぞれ自然と七海と友翔を中心に回り出す。

「一番テーブルと六番テーブル、配膳お願いします」

調理場を回しながら、友翔は七海の様子を窺う。

すると、友翔が見ていることに気が付いたのだろう。オーダーを取り終えた七海が、こちらに向かって控えめにブイサインをしてきた。

どうやらホールの方も万事順調らしい。友翔も笑顔で頷くことで、それに応じる。

と、そんなことをしていたら、一緒に調理場を回していた男子たちに首根っこを掴まれた。

「……おいこら、見せつけてんじゃねえ」

「ひとりだけいい思いするとか許さねえ……」

「ほーら沖田君、お仕事が待ってますよ～」

ダイレクトな怨嗟《えんさ》をぶつけられながら、調理場の奥へと連行される。

ちなみに連行されながらチラッともう一度ホールへ視線を向けたら、七海がおかしそうに笑っていた。

慌ただしく調理場を回していたら、時間もあっという間にすぎていき、交代の時間になった。

「お疲れ様です、友翔君」

「七海もお疲れ——と言いたいところだけど、急ごうか」

「はい！」

パパッとエプロンを取り、ふたり揃って教室を出る。

向かう先は地学室。クラス企画の当番が終わったら、すぐに文天部企画の当番というスケジュールなのだ。

人波を縫いながら廊下を抜け、特別教室棟に入る。ここまで来れば、人の数はだいぶ少なくなる。文天部副部長としては、ちょっと悲しいことだが……。

階段を下りて、廊下を足早に進む。

そして、先を歩いていた七海が、地学室の引き戸を開けた。

「え……？」

と同時に、七海が地学室の前で立ち止まった。

なぜならそこには、文天部の面々、友翔の家族、七海の母の夏帆と波奈、ポックル常連の親子連れ何組かが友翔と七海を待っていたからだ。

「どうして皆さんがここに……？」

七海は驚いた様子で地学室の中を見回す。

「──俺が声をかけて、みんなに集まってもらったんだ」

それに答えたのは、友翔だ。

学校に来てすぐに野暮用と言って席を外した理由がこれである。文天部の面々に協力を仰ぐのと同時に、スマホで方々に連絡を入れておいたのだ。

常連さんについては直接連絡できないので、母に店のSNSで宣伝してもらった。数時間前の告知だし、場所が店から距離の離れた学校だから望み薄と思っていたが、これだけ集まってくれたのは友翔としても驚きの結果だった。これも七海の人望によるものだろう。

友翔が集まってくれた人々に感謝の念を抱いていると、目を丸めたままの七海がこちらに振り向いた。

「集まってもらったって、どうして……」

「決まってるじゃん。俺たちが作った絵本の読み聞かせ会をやるためだよ。今、ここで」

　問いかけてくる七海に、友翔はサプライズの理由を明かす。

　七海のために自分ができること。それを考えた時に、真っ先に思いついたのがこれだったのだ。

　祖母の前座ではなく、正真正銘、七海が主役の読み聞かせ会。七海が大切に紡いだ物語を披露するためのステージ。

　友翔は、それを用意したかったのだ。

　ただ、それを聞いた七海は、驚き顔から一転、困ったように笑った。

「私に隠れて準備していたんですか？　友翔君は、本当にずるいですね」

「迷惑だったかな？」

　眉をハの字にした七海に、友翔も内心で少し焦りながら尋ねる。

　驚かせたくてこっそり準備したが、やはり事前に相談した方がよかっただろうか。

　だが、友翔の問いに七海は首を横に振った。

「迷惑だなんて、とんでもないです。おかげで叶わないと思っていた夢が、もうひとつ叶いました。本当に、ありがとうございます」

　七海は見ている者を虜にするような満面の笑みを浮かべる。

　そして、再び集まってくれた人々の方へと向き直った。

「みなさん、今日は私たちが作った絵本のお披露目読み聞かせ会にお集まりくださり、本当にありがとうございます。精一杯頑張りますので、楽しんでいただけたらうれしいです！」

まるで最初から台本を用意していたかのように、七海が集まってくれた人々に朗々とあいさつをする。

相変わらず度胸が半端ない。文句なしの見事な前口上だ。惚《ほ》れ直してしまう。

七海が椅子に腰かけると、子どもたちが駆け寄り、「はやくよんでー！」と期待の眼差しを向ける。いや、期待の眼差しを向けているのは、この部屋にいる全員だ。

七海は子どもたちに微笑みかけながら、絵本を開いた。

「では、聞いてください。『イリアとクリフの冒険』」

文化祭の喧騒から離れた地学室に、七海の澄んだ声が響く。

鈴の音のように聞き心地がよい声で紡がれていくのは、妖精の姉弟・イリアとクリフの物語だ。

大好きな母の誕生日の朝から物語は始まり、イリアとクリフは母の大好物である森の奥の泉のほとりに生える花の蜜を取りに行く。

しかし、妖精の里の外には予想外の危険が……。

「なんと、ふたりがおりたちゃいろいじめんは、ひるねをしていたくまのおなかだったのです。ひるねをじゃまされたくまは、おおあばれ。にげたイリアとクリフをおいかけてきました」

子どもたちに向かって「ガオーッ！」と熊の真似をしながら、七海が臨場感たっぷりに語る。子どもたちも「きゃーっ！」とケラケラ笑いながら大喜びだ。

数々の危険をふたりで乗り越えた姉弟は、森の奥の泉に辿り着く。泉のそばには淡く光る一輪の白い花が咲いていた。

これぞ、ふたりが追い求めていた花だ。

イリアは家から持ってきたティーポットへ花の蜜を注ぐ。

花の蜜を手に入れた姉弟は妖精の里へと急ぎ、ふたりの帰りを待っていた母にプレゼントする。

最後は母が作ってくれた大きなホットケーキに蜜をたっぷりかけ、家族みんなで仲良く食べてハッピーエンドだ。

「イリアとクリフはニコニコえがおでおいしいホットケーキをたべたのでした。めでたし、めでたし」

最後の一文を読み終えて、七海が絵本を閉じる。

「ご清聴ありがとうございました」

そして、読み聞かせを聞いてくれたみんなへ、深々と頭を下げた。

同時に、地学室の中が温かな拍手の音で満たされる。さらには子どもたちの「もういっかいよんで！」というアンコール付きだ。

友翔と七海が作った絵本は、どうやら子どもたちの心に届いたらしい。七海に拍手を送りながら、友翔も心の中で充足感と達成感を得る。

「ありがとうございます。皆さんが喜んでくれて、本当にうれしいです」

子どもたちからの熱烈なアンコールに、七海は目の端に浮かんだ涙を拭いながらお礼を言う。

その涙に惜別の思いがこもっていることを、友翔だけは察していた。

6

夕方。

文化祭も本祭が終わり、残すは後夜祭だけとなった。校舎から聞こえていた喧騒も小さくなり、生徒たちは本祭の余韻に浸りながら、キャンプファイヤーが行われる校庭へと向かい始めている。

そんな中、友翔と七海の姿は地学室にあった。

ふたり以外に部員の姿はない。みんな、友翔たちに気を利かせてくれたのか、本祭が終わるとそれぞれどこかへ行ってしまった。

「文化祭も、もう終わりなんですね。なんだか名残惜しいです」

「この文化祭のために、ずっと頑張ってきたからな。仕方ないよ」

「それもありますが、今日のお祭りを楽しんだ熱がまだ胸に残っていて……。もっと遊びたいって思ってしまいます」

言葉の通り、七海がまだまだ遊び足りないというオーラ全開で笑う。

文天部の当番が終わった後、少ない時間ではあったがふたりで文化祭を見て回ることができた。

文化祭定番のお化け屋敷やゲームの出し物。それに文化祭グルメ。

七海と文化祭を回れたことは、友翔にとって何物にも代えがたい最高の思い出だ。

ただ、楽しかったからこそ、やはり気になってしまうこともある。

「七海、本当によかったの？」

「何がですか？」

「最後の時間に、ずっと俺と一緒だったこと。波奈やお母さんと過ごすって選択もあったのに」

七海に残された時間は、残りわずか。その中で、楽しい時間を自分だけが独占してしまってよかったのか。

今さらながら、少し罪悪感が芽生えてくる。

ただ、そんな友翔に対して、七海は上目遣いでいたずらっぽく笑った。

「朝、私がお願いしたんですよ。文化祭を一緒に楽しんでくださいって」

「まあ……うん。それはそうなんだけど」

「大丈夫です。確かに、波奈や母と過ごす時間も魅力的でしたが……私はそれ以上に、最後の時間を友翔君と過ごしたかったんです」

七海の言葉が、友翔の胸に染み入る。

好きな子が最後の時間をともに過ごす相手に自分を選んでくれた。これ以上の喜びが、他にあるだろうか。

「それは、責任重大だな」

「はい！　責任重大ですよ」

うれしすぎて思わず照れ隠しをするように肩をすくめてしまった上、冗談めかした言葉まで出てきてしまう。

それを聞いた七海は、同じくおどけた様子で頷いた。

無論、口調とは異なり、心の中では真剣にそう思っている。さらに言えば、心の中は様々な感情でごった煮状態だ。残り少ない時間への焦燥はあるのに、七海の死への現実感が伴っていなくて、重圧に押しつぶされそうな気分と地に足がつかないような気分を同時に味わっている。

すると、不意に七海が地学室の壁にかかった時計に目を向けた。

時刻は十七時半をすぎたところだ。

「友翔君は、私の一周目の世界での記憶を夢で見たんですよね。最後の瞬間の時刻、覚えていますか？」

「……ああ、覚えてる」

七海の問いかけに、友翔はしっかりと頷く。

三回目――いや、四回目の夢を見た直後は、正直そこに気を回す余裕はなかった。しかし、夢で見た光景は友翔の脳にしっかりとこびりついており、何度も思い出す中で、時計の存在にも気が付いた。

七海が倒れたのは、十八時ちょうど。後夜祭が始まる時刻だ。

「正直、なんだか実感が湧かないんです。一度経験して、本能的にも理解していて、ずっと恐怖してきたのに……。今は不思議と気分が穏やかで、心が澄み切っている感じです」

今ならなんだってできてしまいそうな気がします、と言いながら、七海は友翔のそばへと移動する。

「――だから、ひとつけじめをつけなくちゃいけません」

「けじめ?」

けじめとは、どういうことか。七海の不意の言葉に、友翔が疑問の声を投げかける。

「花火大会の日に言った私の後悔の話、覚えていますか?」

「……うん」

七海に向かって、友翔は探るようにひとつ頷く。

夢で見た、七海が心の底から抱いた後悔。自分にも関わると思われるそれは、ある程度予想がついているものの、確かにいまだ謎のままだった。

七海は一回深呼吸をして、友翔の目をまっすぐ見つめながら語り始めた。

「私、一周目の世界でも友翔君と一緒に絵本を作ろうとしたんです」

七海の声が、地学室の中に響いて消える。

それは、友翔が予想していた範疇《はんちゅう》のものだ。しかし、それだけではまだ後悔の理由になっていないだろう。

「それが、どうして七海の後悔につながったの? 一周目の世界の俺に断られて、絵本を作る夢を叶えられなかった……とか?」

「いいえ、違います。絵本は作ることになりました。最初は断られましたが、私が何度も頼み込んで、強引に承諾してもらったので」

友翔が重ねた問いかけに、七海は首を振りながら答えた。

「一周目の世界の友翔君は私の願いに応えて、少しずつ絵を描き出してくれました。でも私は、友翔君が抱えた心の傷に気が付くことができなかった。気付くことができないまま、自分の気持ちを優先してしまった。それが、取り返しのつかない失敗でした」

「……何があったの？」

「図書室で絵本を作っていた時に、偶然隣のクラスのあの子たちと鉢合わせてしまって……」

「ああ……」

それを聞いただけで、友翔はすべてを悟った。

七海曰く、図書室で遭遇した際、女子グループと友翔が直接接触することはなかったらしい。パートナー関係を解消したあの女子だけは居心地の悪そうな顔をしていたそうだが、他の女子たちにとっては友翔のことなど記憶の彼方《かなた》だったのだろう。それは、この二周目の世界で見た彼女たちの様子からもわかる。

だが、自分のことだから理解できる。一周目の世界の友翔にとっては、絵本を作っている状況下であの女子グループとニアミスしただけで十分だったのだろう。

「一周目の世界の友翔君は、そこからまた絵を描くことができなくなってしまいました。私は何が起こったのかわからないまま、苦しむ友翔君を見ていることしかできなくて……」

七海は自らを責めるように言う。

ちなみに、友翔の感想は『まあ、そうなるだろうな』だ。トラウマでがんじがらめになっていた頃の友翔では、耐えられなかったに違いない。

それはさておき、道理で七海があの女子グループの顔を知っていたはずだ。一周目の世界でそんなことがあったのなら、さぞ印象に残っていたことだろう。それに七海が女子グループに対してやたら友翔の絵を熱く語れたのも、一周目で一緒に絵本を作っていたなら納得がいく。

「一周目の世界で、私は結果的に友翔君の心の傷を広げてしまいました。しかも、その罪を償うこともできないまま終わりを迎えてしまって……。こんなこと言われても、今の友翔君には迷惑かもしれませんが、本当にごめんなさい」

色々腑《ふ》に落ちてすっきりしている友翔に向かって、七海が沈痛な面持ちで頭を下げてくる。

ただ、友翔は一周目の世界での七海の行動を責める気など、これっぽっちもなかった。ポンポンと七海の肩を叩きながら「顔を上げて」と優しく微笑む。

「実を言うとさ、俺、その件については七海を責められないんだよ。だって俺、夢の中で七海が夢に向かって突き進むことを応援しちゃってたからさ。七海の願いに相手が応えてくれますようにって。その相手が自分だとは思っていなかったけど、ある意味で俺も共犯だ」

そう、七海だけを責められない。自分が七海の立場でも、たぶん同じことをしていたから。むしろ嘆くべきは、自分の運のなさであると思う。

すると七海は、「友翔君は本当に優しいですね」と苦笑した。

「これが、私の一周目の世界での後悔です。だから私は意識をなくすその瞬間、心の底からもう一度チャンスがほしいと願いました」

「そして、その願いが叶えられたと」

友翔の相槌に、七海がコクリと頷く。

「けれど、半年前に戻った時、正直に言うとかなり迷いました。友翔君を絵本作りに巻き込まなければ、それだけで問題は解決なんじゃないかと」

でも、結局は突き進む道を選びました——と、七海は言う。

「こんなのは私のエゴ。それはわかっていました。けど、私はやっぱり友翔君が私のストーリーのために描いてくれた絵が好きで——友翔君と一緒に絵本を作っていた日々を忘れられなかった。だから、何が正解かもわからないまま、私は自分が信じた道を進むことにしました。私も一緒に友翔君のトラウマに立ち向かって、友翔君が安心して絵本を作れるようにしようと」

本当に勝手ですよね、と七海は苦笑する。

「どうやって友翔君のトラウマに迫ればいいか。どうやってそれを解決すればいいか。そもそも私に解決できるのか。何もかもわからなかったのに……。どうにかしてみせるって息巻いて、根拠もないまま動いていました」

「そこで動けるのが七海のいいところで、すごいところだと俺は思うよ」

現に、七海は行動を起こして、見事やり遂げたのだから。誰にでもできることではない。

「全部全部、行き当たりばったりでしたけどね。友翔君の前ではいい顔をしたくて取り繕っていましたが……私、心の中ではいつも『どうしよう、どうしよう！』って右往左往していました。ポックルでの絵本作りを提案した時なんかも、本当に苦しかったです。あの子たちと遭遇しないようにするためとは言い辛くて、それっぽい嘘の理由を並び立てていたので……」

恥ずかしそうに頬を染め、七海は眉尻を下げながら苦笑する。

そんな七海を前にして、友翔は自分が彼女に対して勝手に理想を押し付けていたことを反省した。

七海は別に物語の主人公でもなんでもない。ちょっと人より優しく頼もしいだけで、普通に悩んで、普通に傷つきもする――普通の女の子なのだ。

友翔を絵本作りに誘った時もそう。女子グループに突貫した時もそう。ポックルで絵本を作ることにこだわった時もそう。いつだって七海は迷いながら、それでも友翔のために何をすべきか必死に考え続けてくれていた。

だからこそ、改めて思う。本当に、目の前にいるこの少女が愛おしくて堪らないと。

「でも、結局私は友翔君のためと言いつつ、実際は自分の夢を叶えたかっただけなのかもしれません。友翔君と一緒に絵本を作りたいという夢を……」

友翔が愛しさを募らせる中で、不意に七海が呟く。

「これが、私が友翔君に隠してきたすべてです。軽蔑……しましたか？」

そして、すべてを話し終えた七海は、不安そうな顔でそう問うてきた。

彼女からすれば、今の話は嫌われても仕方がない内容だったということだろう。

「軽蔑するわけがない」

だが、友翔はノータイムできっぱりと七海が抱いた不安を否定した。

見くびってもらっては困る。むしろ惚れ直したくらいだ。

「俺はたぶん、自分の意思だけでは立ち上がれなかった。一周目の世界の俺が絵を描き始めたのだって、七海の熱意に心動かされたからだと思う。感謝することはあっても、七海を恨んではいなかったよ、きっと」

「本当に？」

「俺自身が言うんだ。間違いない。それに、七海がこの二周目の世界でも諦めずに絵本作りへ誘ってくれたから、今の俺がある。自信を持ってよ、七海。君は、俺のことを二回も救ってくれたんだから」

七海の行動は、すべて正しかった。

他の誰でもなく、友翔自身がそれを保証する。七海によって救われた、友翔自身が。

「そう……ですか。私は、ちゃんとできてたんですね。……うん、よかったです」

それで、ようやく安心できたのだろう。七海は、救われたかのように微笑んだ。

友翔もようやく一安心だ。

「じゃあ、私の後悔の話はこれでおしまいです。せっかく残り少ない時間を友翔君と過ごしているんですから、ここからは過去じゃなくて未来の話をしましょう」

「未来？」

残り少ない時間、という言葉にチクリと胸を痛めながら、友翔は訊き返す。

すると、七海は「はい。友翔君の未来です」と相槌を打ち――。

「絵本作家になるっていう夢、必ず叶えてくださいね。そうしたら私、天国で『こんなすごい人と絵本を作ったんだ』って自慢して回りますから」

と真摯《しんし》な瞳で友翔を見つめながら、エールを送るようにそう言った。

対する友翔は、驚きとともに視線をさまよわせる。

「俺は——ひとりでやっていける自信が、まだ持てない。絵本作家を目指すだなんて、まだ言えないよ」

情けないことを承知で、それでも不安を吐露してしまう。

自分が絵本作りに再び踏み出せたのは、隣に七海がいてくれたからだ。七海が背中を押してくれたからトラウマを乗り越え、どうにか足を踏み出すことができた。

けれど、裏を返せばまだ踏み出すことができただけ。

ひとりで歩き続ける覚悟が固まっていない。

「大丈夫ですよ」

だが、七海はポックルに来る子どもたちへ向けるのと同じ笑みを浮かべ、安心させるように言う。

「友翔君にとって、私は単なるきっかけにすぎません。今の友翔君なら、どこまででも自分の足だけで歩いていけるはずです」

七海の言葉が、友翔の弱々しい心を包み込む。

先ほどまでとは真逆だ。先ほどまで励ます側だったのに、一瞬にして立場が入れ替わってしまった。

「友翔君は、もうトラウマを乗り越えています。それでも躊躇《ためら》ってしまうのは、やはりあまざと先生の存在があるからですか？」

「…………」

七海の不意の問いかけを友翔は無言のまま肯定する。

七海の言う通りだ。友翔はすでにトラウマを克服している。それでもまだ絵本作家の夢に向き合う覚悟を決められないのは、トラウマを越えた先に別の理由があるから。

いや、正確にはトラウマを抱える前からずっとそうだった。あの頃だって、夢に向かっている振りをして、この理由から目を逸らしているだけだった。

自分の根底には、常に祖父の存在がある。絵本作家を志すきっかけとなった祖父は、そのまま友翔にとっての越えられない壁として、心の中に君臨しているのだ。

だから、友翔はいまだに尻込みしている。祖父の背中に迫っていく自分の姿が想像できないから。

すると、七海は「なるほど」とすべてを承知した様子で頷いた。

「――友翔君の気持ち、私にもわかりますよ。私たちは〝同じ〟ですから」

「え？」

七海が言っていることの意味がわからず、友翔は疑問符を浮かべながら首を傾げる。

「〝同じ〟って、どういうこと？」

「私も、友翔君と同じ気持ちを抱えているということです。私も友翔君と同じで、あまざと先生に憧れて物語を作り始めましたから。憧れだからこそ大きな壁であり、いつも自分が書いたものを見て、敵《かな》わないって打ちのめされてきました」

七海の告白に、友翔は目を見開く。七海が通ってきた道は、彼女が言った通り、友翔と同じものだったから。

そして、今ようやくわかった気がする。

友翔が七海と絵本を作ることに魅力を感じた本当の理由。

それは七海が、同じ人に憧れて、同じように打ちのめされて——それでも折れずに立ち向かった人だったからだ。

「だから、ごめんなさい。『友翔君ならあまざと先生を越えられる』って保証はしてあげられません。あの人は、やっぱり私の中で偉大な先生だから。けど——」

七海が強い輝きを放つ瞳で友翔を見つめる。口元に力強い笑みを湛《たた》えて、言葉を紡ぐ。

「けど、代わりに、全力で応援します。全力で信じます。今は敵わなくても、友翔君ならあまざと先生に負けない絵本作家になれるって。私がパートナーに選んだ男の子は、憧れの人の上を行く天才だって！」

「七海……」

七海の視線と言葉を受け、友翔の胸の内に熱が生じる。

大好きな人が、自分を信じてくれた。自分の未来に賭けてくれた。その気持ちに応えたいという熱が――。

ならば、返事はひとつだろう。

「――約束する。きっとじいちゃんに負けない絵本作家になるって」

臆病な気持ちも、冷めた考えも、まだ頭の中にある。

自分には、祖父のような才能がない。どうせ無駄だ。冷静にそう語りかけてくるもうひとりの自分がいる。

それでも、そんな気持ちを全部のみ込んで、友翔は七海に約束する。

いや、〝七海に〟というのは少し違うか。

そもそも何かを作り出そうという人間が、自分が動くための理由を他人に求めるなんて言語道断なのだ。そんなの、ただの責任転嫁。できなかった時の言い訳を求めているだけ。

七海は言っていた。自分はきっかけだと。

正しくその通りだ。

だからこの誓い、言葉の上では七海に対してという形を取りつつも、実際には自分に対してのもの。自分に対しての約束だ。

七海が信じてくれたのだから、それくらいの責任と覚悟は自分で背負ってみせろと、自分自身に向かって強気に言い聞かせる。そして、誰に頼ることなく自分の意思と言葉で応える。

「今度こそ、俺は絶対に諦めない」

そんな友翔に向かって、七海は歩み寄りながら「はい！」と満足そうに頷き——。

「安心しました。これで、もう何も思い残すことはないです」

と言って、友翔の胸にコトンと額を当てた。

「……そんなこと……言うなよ！」

七海の言葉を聞いた瞬間、感情が振り切れてしまう。堪え切れずに涙を流し、彼女を抱きしめる。

自分には救えないとわかっている。祖父に諭され、もっと大事なことに目を向けるべきだと考えを改めた。

けど……やっぱり割り切れない。

「なんで……七海が死ななきゃいけないんだ！」

七海を抱きしめながら、こんな運命を強いてきた世界を呪って叫ぶ。

時計の長針は、もう間もなく天辺に到達する。残された時間は、もう数分しかない。

数分後に七海が死ぬなんて、やっぱり受け入れられない。受け入れたくない。

「頼むよ、土地神様。七海の命を助けてくれ。なんでもするから……」

もっとやるべきことがあるだろうに、七海の命乞いをして泣き喚《わめ》く。

その時だ。

「友翔君」

七海の声が鼓膜を震わせ、頬に彼女の手が添えられた。

少しひんやりした感触に、友翔がハッとしていると、七海の顔が迫ってくる。

そして、呆然とする友翔の唇に、七海の唇が重ねられた。

「ありがとうございます。私の命を最後まで諦めないでいてくれて」

涙を流しながらも幸せそうな笑みを浮かべ、七海は友翔の目を見つめる。

友翔は声の出し方を忘れ、ただただ七海を見つめ返すことしかできない。

「日本に来られてよかった。文天部の皆さんと出会えてよかった。友翔君ともう一度会えて——本当によかった」

友翔の胸の中で、七海が一言一言噛み締めるように言う。

そして——。

「沖田友翔君。私は、あなたのことが大好きです。心の底から、愛しています」

花火大会の告白の返事をくれた。

ただ、自惚《うぬぼ》れであることを承知で言わせてもらえば——心の片隅で予感していた。

最後の時間を自分にくれた、その時から。

「俺も、七海のことが大好きだ」

だから友翔も、今度は焦りからではなくきちんと自分の心をのせて、その言葉を口にする。

すると、七海は「──知ってる」と笑った。

「ようやく言えた。最後の最後でようやく……」

「……ねえ、七海。俺は、七海のために何かしてあげられたかな。スウェーデンで絵本をあげたあの日みたいに、少しは七海の力になれたかな」

気持ちはわかってもさらに安心したくて、胸をなでおろす七海へ確かめるように言葉を重ねてしまう。

すると七海は友翔の言葉に目を見開き、次いで「ようやく思い出してくれたんだ」とうれしそうに口元をほころばせた。

「大丈夫。友翔君はあの日から今日までずっと──私の一番のヒーローだよ」

自分に向けられた、敬語ではない七海の言葉。七海の、本当の言葉。

色々遠回りをしてしまったが、それでも自分がいた意味はあった。七海の中に、自分の居場所が確かにあった。

飾らない言葉でそれを示してもらえて、救われた気持ちになる。

けれど、それ以上に──。

「それを言うなら、俺の方だ。七海はいつだって俺の目標だった」

春休みに再会してから、ずっとそうだった。いつだって七海はキラキラ輝いていて、その前向きな姿が友翔を引っ張ってくれた。自分も頑張らないと、と思わせてくれたのだ。

「そう思ってもらえたなら、私も人生をやり直した甲斐があったよ」

一方、七海も友翔の胸の中で安心したように息をつく。そして、そのまま名残惜しそうに、ぽつぽつと言葉を紡いでいく。

「もっと早く、素直に自分の気持ちと向き合えていればよかったのに」

「それは俺もだな」

「まだまだずっと、友翔君の隣にいたかったな」

「俺も……いつまでだって七海の隣にいたいよ」

「デートもしてみたかったし」

「ふたりで行きたいところ、たくさんあるな」

「家族のみんなに『この人が私の彼氏だよ』って紹介したかったし」

「俺も『自慢の彼女だ』って言いたかった」

「友翔君にスウェーデンを案内してあげたかったし」

「俺も行きたかった」

「それに――また一緒に絵本を作りたかった」

「ああ、そうだな。俺もだ。きっと次は、じいちゃんをうならせる作品を作れた」

七海が紡いでいく願望へ、友翔もひとつずつ丁寧に相槌を打った。その度に、友翔の目から涙が零れていく。

なぜ彼女が語る幸せな日々が現実にならないのか。理不尽にもほどがある。

すると、七海が友翔の涙をそっと指ですくった。

自身も涙を浮かべながら微笑みかけてくる七海は、これまでの人生で友翔が目にしたどんなものよりも美しかった。

「ねえ、友翔君」

「何？」

「あなたを好きになれて――本当に幸せだった」

七海が言い切ると同時に、時計の針が十八時を指す。外では後夜祭が始まり、生徒たちの歓声が上がる。

そして――ドクンと七海の体が跳ねる。満たされた表情のまま七海が目を閉じ、その体から力が抜けていく。

「七海！」

叫びながら、友翔は慌てて七海の体を支える。

「七海、七海！」

くずおれた七海に呼びかけるが、満足げな顔のまま閉じられた目が開くことはない。閉じた口から、あの優しい声が発せられることもない。

「あ……っ。くっ……」

外から後夜祭の歓声が響く中、友翔は地学室でひとり、七海の亡骸《なきがら》を抱いて声を上げることもできないまま泣き続けた。

## 7

七海がこの世を去ってから、数日がすぎた。

あの日から何もできないまま、友翔は学校も休んでただぼんやりと日々を送っていた。

部屋で窓の外を見つめながら思い返すのは、七海が自分の腕の中で倒れてからのことだ。

あの日、七海は救急車で病院へと運ばれて——死亡が確認された。

救急車を呼んだのは、祥平だった。七海が倒れて間もなく、友翔たちを呼びに来た祥平が、七海を抱きかかえて泣き続けている友翔を見つけたのだ。

一緒に救急車に乗って病院へ行った友翔は、ただの抜け殻のように処置室の外の椅子に座っていた。座っていることしかできなかった。涙も枯れ果て、もはや立つ気力さえも残っていなかったから。

学校からの連絡で駆け付けた夏帆は、最期の時まで七海と一緒にいた友翔を責めることはしなかった。

『お医者様から話は聞きました。辛い役目を担わせてしまって、ごめんなさい。気にしないで、というのは難しいかもしれないけど、自分が悪かったとあなた自身を責めないで。きっとあの子も、そう望んでいるはずだから』

代わりに、労わるような口調でそう諭してくれた。

本当は、友翔を責めたい気持ちもあっただろうに。なぜすぐに救急車を呼ばなかったと問い質《ただ》したい気持ちもあっただろうに。

夏帆は努めて理性的に当時の友翔の心情を汲み、負の感情を押し殺して友翔と向き合ってくれた。

けれど、その優しさが逆に友翔の罪悪感を増幅させた。

だが、それ以上に——。

『沖田さんが悪くないことはわかっています……。でも、お姉ちゃんを助けてほしかった……』

そう言いながら友翔の胸に額を押し付けて泣いていた波奈の姿が、友翔の心を抉った。

波奈にこちらを責める意図がなかったことはわかっている。彼女は本音を見せてくれただけ。信頼してくれていたからこそ、本音を隠さず明かしてくれたのだ。

それはわかっている。

それでも、七海の死を知っていて救えなかった友翔にとって、その言葉はどんなにひどく罵倒されるよりも心に突き刺さった。

後悔を少なくする道を選んだつもりだったのに、どんどん後悔が溢れてくる。

確かに友翔は、七海を悲しませたまま終わりを迎えてしまうという一番大きな後悔を避けられたのかもしれない。

だが、泣きじゃくる波奈を見て、自分の選択が正しかったのか自信が持てなくなってしまった。もっとあがけばよかったのではないかという考えが頭をよぎり、その度に自分の無力さを痛感する袋小路に陥ってしまった。

それは、数日経った今も変わらない。

昨日の葬式でも、文天部の面々が七海との最後の別れに涙する中、友翔ひとりだけ泣くことができなかった。

祥平たちは友翔がすでに涙も出ないほど悲しみに打ちひしがれていると思ったようだが、真実はそうではない。

ただ自分の感情を整理できなくて、自分が下した選択の重さに押しつぶされていただけ。七海を悼《いた》むべき場で、薄情なことこの上ない。

本当に……最低だった。

「七海……。俺、もうわかんないよ……」

空の向こうへ行ってしまった最愛の人へ、心の内を吐露する。

しかし、当然ながらそれに応える声はない。虚しさばかりが胸に募る。

七海と約束したのに。絵本作家を目指すと誓ったのに。あったかもしれない可能性に捕らわれて自分を見失い、空虚になった友翔はその一歩目を踏み出すことさえできていなかった。

と、その時だ。

「友翔、入るぞ」

ノックの音と声かけの後、ドアが開かれて祖父が顔を覗かせる。

「赤羽家の皆さんが、あいさつに来た。無理にとは言わんが、お前も来るか？」

「……うん。行くよ。ありがとう」

礼を言いながら、緩慢な動きで椅子から立ち上がる。

ふらつくような足取りで部屋を出ると、不意に祖父が「友翔」と声をかけてきた。

「酷なことを言ってすまなかった」

「謝らないでよ。じいちゃんが目を覚まさせてくれなかったら、俺はたぶんもっと後悔していた」

祖父の謝罪に、友翔は首を振りながら応じる。今でも十分後悔に苛《さいな》まれているのに白々しいと思いつつ……。

祖父とともに外に出ると、祖母と母、そして大きなスーツケースを持った夏帆と波奈が話をしていた。

波奈たちは、七海の遺体とともに一旦スウェーデンへ帰ることになったのだ。

自分には見送る義務があると思って出てきたはいいが、波奈たちに合わせる顔がない。友翔は家族が波奈たちと話しているのを、少し離れたところから見守る。

すると、友翔の存在に気付いた波奈が、少し躊躇いながらもこちらに歩み寄ってきた。

「沖田さん……」

友翔の前に来た波奈は、友翔のことを見つめて口を開きかけたかと思うと、それ以上何も言えないまま俯いてしまった。

七海を失った悲しみを共有できる相手であり、同時に七海を救えたかもしれない場所にいた相手。

波奈にとって、今や友翔はどう接するのが正解なのかわからない存在なのだろう。

その気持ちは友翔も同じだ。なんと声をかけていいのかわからなくて、「波奈……」と名前を呼ぶことしかできない。四つも年上なのに、不甲斐《ふがい》ない。

すると、グッと拳を握り、唇を噛み締めた波奈が、一度友翔の顔を見つめてそのまま頭を下げた。

「病院では、本当にすみませんでした。わたし、沖田さんの気持ちも考えず、責めるようなことを……」

「いや、波奈は謝らなきゃいけないようなことを言ってないよ。家族として当然のことを言っただけ……」

友翔が「顔を上げて」と言うと、波奈はゆっくりと友翔に顔を見せてくれた。

「むしろ、謝るのは俺の方だ。俺の方こそ何もできなくて、本当にごめん」

波奈に代わって、今度は友翔が頭を下げる。

謝って何かが変わるわけじゃない。単なる自己満足にしかならない。それでも、友翔は波奈にきちんと謝っておきたかった。

友翔の謝罪に対して、波奈は何も応えなかった。それこそが波奈の心情を物語っていると、友翔は思った。

色々、単純にはいかない。波奈も、そして友翔も。

ただ、友翔の謝罪に応えなかった代わりに、波奈は手荷物のバッグに手を入れて、何かを取り出した。

「これ、姉のスクールバッグの中に入っていました。もしよろしければ、もらっていただけませんか？」

波奈が差し出してきたのは、一通の手紙だ。宛名の部分には、七海の字で【友翔君へ】と書いてある。名字ではなく名前で書いてあるから、おそらくあの日の朝、友翔と別れて先に教室へ行った時に急いで書いたのだろう。

「七海が、俺に……」

友翔は、驚きと胸に走る痛み、そして微かな高揚とともにそれを受け取った。

「開けても……いいかな？」

「どうぞ」

居ても立ってもいられず、波奈に許可を取ってその場で手紙を開封する。

すると、中から一枚の便せんが出てきた。

【友翔君へ
この気持ちを残しておきたくて、教室で急いでこの手紙を書いています。
色々すれ違ってしまいましたが、最後の日に友翔君と再び笑い合うことができて、私は本当にうれしかったです。

友翔君、本当にありがとう。

仲直り記念というわけではないですが、最後にひとつお願いがあります。

ふたりで作った絵本は、できれば友翔君に持っていてもらいたいです。

あの本が、友翔君にとっての〝ゆうきのおまもり〟になることを願っています。

赤羽七海】

それは、数行の短い手紙だった。友翔が戻ってくるまでの短い時間で書いたのだから、当然だろう。

だが、その短い手紙を読み終えた友翔は、自分の手が震えていることに気が付いた。

それだけじゃない。口から嗚咽《おえつ》が漏れ始め、ボロボロと便せんの上に涙が零れていく。

最初はわけがわからなかった。自分が泣いていることを理解できなかった。

ずっと心の中がぐちゃぐちゃで、葬式でも泣くことができなかったのに……。

何が正しかったのかわからなくて、気力も何もかも尽きてしまっていたのに……。

七海の言葉に触れた瞬間、涙が溢れて止まらなくなった。七海を愛しく思う気持ちが弱々しい心の迷いを押しのけて、友翔の中を満たしてしまった。

「……姉は最期の時を沖田さんと過ごせて、きっと幸せだったと思います。だから、いつまでも沈んだ顔をしていないでください」

それは波奈が今できる、せめてもの優しさだったのだろう。手紙を抱えて泣き震える友翔に、波奈は語りかけてくれる。

波奈の言葉を聞きながら、友翔は思う。

何が正しかったのか、今もわからない。迷いはきっと一生消えない。

けれど、友翔も幸せだった。七海とあの一日を——いや、この半年を一緒に過ごせて。それを今、彼女からの手紙を読んで、改めて思い知った。

波奈の優しさへ応えるように、友翔は目を赤くしたまま彼女を見つめる。

「ごめん、波奈……。見送りに来たのに……。俺、行かなきゃ……」

「はい。それでこそ、沖田さんです」

波奈に送り出され、友翔は手紙を手にしたまま駆け出す。もう一分一秒も待っていられない。自転車に飛び乗り、学校を目指して全力でこぎ出した。

足をパンパンにしながら最短時間で学校に辿り着いた友翔は、悲鳴を上げる体に鞭《むち》打ち、さらに走る。

平日のこの時間、生徒はみんな教室で授業を受けているから、校門にも昇降口にも廊下にも人影はない。学校をサボった友翔だけがそれらを駆け抜け、地学室の引き戸を開ける。

授業が行われていない地学室は、静寂に包まれていた。

友翔が休んでいる間にプラネタリウムなどはすっかり片付けられ、地学室はいつもの姿に戻っている。友翔は迷うことなく教室の奥へ行き、そこに設《しつら》えられた棚のひとつを開けた。文天部の物置になっている棚だ。

その中に、絵本はあった。七海とともに作った〝ゆうきのおまもり〟が……。

「七海が、俺に託してくれたもの」

心臓の鼓動が強くなるのを感じながら絵本を手に取る。

絵本の表紙、そこに書かれた自分と七海の名前を見た瞬間、七海との思い出が駆け抜けた。

桜の木の下での出会いと、花見での握手。初めてのバイトの日の読み聞かせ。絵本作りに明け暮れた夏休み。花火大会でふたり一緒に叫んだかけ声。告白とすれ違い。そして——約束と別れ。

七海の表情、仕草、言葉。友翔に見せてくれたそれらが、鮮明に蘇ってくる。

『——あとは任せたから！』

不意に七海の声が聞こえた気がして、友翔はハッとした表情で振り返った。

けれど、当然ながらそこには誰の姿もない。

ただ、友翔は今のが幻聴だったとは思わない。きっと天国の七海が、約束したのになかなか足を踏み出さない友翔の背中を押しに来てくれたのだ。〝時渡り〟なんてものがあったこの世界なのだから、それくらいの奇跡があってもいいだろう。

そう。ポジティブに行こう。どんな恐怖にも負けず、いつも周りを元気にするほど明るかったあの子のように。

「ありがとう、七海」

絵本と手紙を胸に抱き、友翔は窓の外に目を向ける。

そこには、七海の笑顔のように明るく晴れ渡った空があった。

「新しい絵本のアイデア、考えないとな」

この絵本を手に取った以上は、もう歩みを止めているわけにはいかない。なぜなら、これは〝ゆうきのおまもり〟だから。

時にくじけることがあっても、後悔に身を焦がす日があっても、七海から託された思いと勇気を胸に、前へ前へと歩み続ける。

最愛の人からの贈り物を手に、友翔はようやく最初の一歩を踏み出した。

# エピローグ

七海との別れから、十年がすぎた。

「――はい。じゃあ、今週中にラフを送りますので。はい。よろしくお願いします。それじゃ」

打ち合わせの電話を終え、友翔はスマホをペンに持ち替えて、絵の続きを描くために液晶タブレットに向かう。

今から六年前、美大生の時に絵本の新人賞で大賞を受賞し、五年前にどうにか絵本作家としてデビューを果たした。

ポックルの副店長兼絵本作家。それが今の友翔の肩書だ。

幸いなことにデビュー作は何度も重版されるくらいのヒットとなり、シリーズ化してもらえた。今描いているのは、その最新作だ。

七海と約束した祖父に負けない絵本作家にはまだ届かないが、それでも着実に目標への道を進み続けている。

そして、今の友翔があるのは、やはり七海のおかげだ。

机の端にいつも大切に置いてある夫婦箱《めおとばこ》を開き、中からふたりで作った絵本を取り出す。

七海だったらどんな物語にするだろうと考えていると、いつもアイデアが湧いてくる。彼女とともにこの絵本を作った経験と彼女の創作に対する姿勢が、友翔の原点として確かに根付いているのだ。

それに何より、結果が出ない時は彼女との約束がいつも自分を奮い立たせてくれた。彼女の『全力で応援します。全力で信じます』という声が、いつも友翔の背中を押してくれた。

だから、どんな時も諦めることなく挑戦を続けられた。

「さて、ちょっと気合を入れますか」

今週中にラフを送るとなると、のんびり遊んではいられない。肩をグルグル回しながら頭の中を作家モードに切り替えて、ペンを走らせる。

と、その時だ。

「友翔！　店が混んできたから、ちょっと手伝って！」

ノックもなしにドアが開けられ、母——店長からの呼び出しがかかった。

調子が乗ってきたと思ったタイミングでこれだ。まったく間が悪い。

ただ、副店長として店を放っておくことはできない。

「わかった。今行くよ」

「悪いわね。三時になればバイトの子が来て落ち着くと思うから」

「了解」

じゃあよろしく、と言い残して、母は足早に去っていく。本当に手が足りないほど忙しいのだろう。

友翔も椅子の背もたれにかけていたエプロンを手に取り、母の後を追うように部屋を出ていく。

主がいなくなった机の上では、陽光に照らされた絵本が友翔の帰りを待っていた。


〈了〉

# あとがき

はじめましての方は、はじめまして。はじめましてではない方は、お久しぶりです。日野祐希です。

この度、前作『余命一年の君が僕に残してくれたもの』から約三年の時を経て、スターツ出版様から四冊目の本を出させてもらえることになりました。

しかも『余命一年の君が僕に残してくれたもの』と同じ世界・同じ時間軸で展開する物語――私の作家人生で初めてのシリーズものです！

前作を読んでくださいました皆様、本当にありがとうございました！

ただ、前作からキャラクターが一新されているため、これだけで独立したひとつの物語とも言えます。なので、前作を知らないまま本作を手に取り、いきなりあとがきを読んでいる方がいましたら、安心して本編もお楽しみください。

さて、紙幅に余裕があるので、ここから少しだけ執筆の裏側的な話を――。

同じ世界・同じ時間軸で別の物語を書くというのは、私としても初めてのことであり、今回も最後まで悩みの尽きない執筆となりました。

すでに構築された世界観の中で、新たな主人公である友翔と七海の物語をどう描き出していくか。担当様とも話し合いながら、長い時間をかけて試行錯誤を繰り返しました。本当に、長かった……。

けれど、それだけ悩んで紡ぎ出した物語だからこそ、シリーズものとして前作に見劣りしない作品になったと思っております。自信を持つこと、大事！

それでは最後に、お礼の言葉を。

担当編集の井貝様、前作に引き続きカバーイラストを担当していただいたはねこと様、そして本作の出版に関わってくださった多くの皆様、本当にありがとうございました。今回も皆様に支えられ、無事に本作を世に送り出すことができました。

そして、本作を読んでくださいました読者の皆様に、最大の感謝を。本作を最後まで読んでくださり、どうもありがとうございます。

友翔と七海の物語、いかがでしたでしょうか。皆様の心に何かを届けることができていたら幸いです。

それでは、またどこかでお会いできることを願いつつ。

二〇二四年五月　日野祐希

この物語はフィクションです。実在の人物、団体等とは一切関係がありません。

日野祐希先生へのファンレターのあて先
〒104-0031　東京都中央区京橋1-3-1　八重洲口大栄ビル7F
スターツ出版（株）書籍編集部 気付
日野祐希先生

# 余命半年の君に僕ができること

2024年5月28日　初版第1刷発行

著　者　　日野祐希　©Yuki Hino 2024

発 行 人　菊地修一
デザイン　フォーマット　西村弘美
　　　　　カバー　木下佑紀乃＋ベイブリッジ・スタジオ
発 行 所　スターツ出版株式会社
　　　　　〒104-0031
　　　　　東京都中央区京橋1-3-1　八重洲口大栄ビル7F
　　　　　TEL　03-6202-0386（出版マーケティンググループ）
　　　　　TEL　050-5538-5679（書店様向けご注文専用ダイヤル）
　　　　　URL　https://starts-pub.jp/
印 刷 所　大日本印刷株式会社

Printed in Japan


ISBN　978-4-8137-1587-0　C0193